세속에 물든 학사

노지의 산곡 세계

김 덕 환

지식과교양

노지의 산곡 세계

차 례

차 례

책머리에

원대 산곡작가 노지는 1242년경에 하남 영천(潁川)에서 태어나서, 1261년경에 약관의 나이로 정계에 진출하여 세조 쿠빌라이의 시종(侍從)이 되었다. 그 후 그는 하북·강동·섬서 지방의 안찰사와 집현학사·한림학사 등을 역임하였으며, 만년에는 잠시 선성(宣城)에서 머물다가 다시 조정으로 돌아가 1314년경 대략 73세를 일기로 세상을 떠났다.

그는 정계에 진출한 후 비교적 순탄한 길을 걸으면서 각계각층의 인사들과 폭넓은 교유를 가졌다. 당대의 뛰어난 시문 작가인 유인·요수·조맹부는 물론이고, 서회(書會) 출신의 희곡가 마치원·유시중, 잡극배우 주렴수·장이운·해어화 등과 왕래를 가지면서 아속(雅俗)의 경계를 자유자재로 넘나들었다. 특히 그가 원곡사대가의 한 사람인 백박의 처남이라는 사실은 우리의 또 다른 시선을 끌기에 충분하다.

백박은 어린 시절 아버지 백화의 친구이자 당대의 대문호였던 원호문(元好問)에게서 시문을 배웠으며, 원호문은 그를 친자식처럼 돌보았다. 원호문은 초기산곡의 형성에 비교적 중요한 위치를 차지하고 있는 작가이다. 여기에서 우리는 원호문·백박·노지로 이어지는 원대산곡의 큰 줄기를 찾을 수 있다.

노지는 원대산곡이 전통문인에 의해 본격적으로 수용되는 과정에서 대단히 중요한 교량적 역할을 했던 인물이다. 현존하는 그의 산곡 작품은 모두 121수에 이르는데, 『전원산곡』에 수록된 작품을 기준으로 한다면 그는 원대 전기 산곡작가 중에서 마치원에 이어 두 번째로 많은 작품을 남기고 있다. 특히 그가 남긴 산곡은 모두 소령이기 때문에 소령만으로 말한다면 원대 전기 작가 중에서 가장 많은 작품을 남긴 작가이기도 하다.

그는 원대 산곡작가들 중에서는 보기 드물게도 정2품 한림학사까지 역임한 정통관료 출신일 뿐만 아니라, 당시에 시문으로도 요수(姚燧) · 유인(劉因)과 더불어 상당히 명성을 날린 작가로 기록되고 있으며, 특히 오언고시에서는 당대 최고라는 평가를 받기도 하였다. 그러나 중국문학사에서 그의 진정한 위치는 산곡에서 찾을 수 있다.

그의 문집은 명대 초기 이후에 망실되어 전해지지 않게 되었는데, 1984년에 북경사범대학 이수생(李修生) 교수가 각종 문헌에 산재하던 그의 시문과 기록들을 모아 『노소재집존(盧疏齋集輯存)』을 편찬하였다. 현재 『노소재집집존』에는 그의 시와 산문 외에 산곡 121수가 수록되어 있으며, 이는 수수삼의 『전원산곡』에 수록된 그의 산곡 작품과 대체로 일치한다. 따라서 이 책에서는 『전원산곡』(한경문화사업유한공사, 1983)과 『노소재집존』(이수생, 북경사범대학출판사, 1984)에 수록된 산곡을 저본으로 삼고 번역과 주해를 가하였다. 몽고족의 지배 아래에서 신분차별 정책으로 사회의 최하층으로 밀려나 울분을 가슴으로 삭이며 천지를 방랑했던 일반적인 산곡작가와는 달리 몽고족의 통치에 직접 참여한 관료출신 문인으로서 세속을 드나들며 민간계층에서 유행하던 산곡을 수용한 그의 작품을 통해 원대산곡의 다양한 면모를 보게 되기를 기대한다. 끝으로 이 책이 나오기 까지 여러 방면으로 시간과 땀을 아끼지 않으신 출판사 임직원과 관계자 여러분께 감사의 말씀을 전한다.

2018년 4월 호은재에서 저자 씀

제1장
노지와 그의 산곡

1. 노지의 산곡 내용

노지의 산곡에 표현된 내용은 원대산곡의 주류인 피세귀은(避世歸隱)이라는 틀에서 크게 벗어나지 않는다. 그러나 그의 작품은 이러한 피세귀은을 기조로 하면서 제재의 폭을 점점 넓혀나갔는데, 그의 소령 120수(잔곡 소령 1수 제외)를 주제에 따라 분류해보면 은거의 즐거움(31수), 영사회고(26수), 서경영물(24수), 남녀풍정(13수), 감흥(9수), 가기에게 줌(6수), 세상한탄(5수), 축하(4수), 증답(2수)으로 나눌 수 있다.

노지의 산곡에 나타난 주요 제재는 은거의 즐거움과 영사회고·서경영물이다. 평생 높은 관직에 있었지만 그의 작품 중에는 한적한 은거생활을 동경하거나, 소박하고 자연스런 전원생활의 즐거움과 자연풍경을 묘사한 것이 많다. 대부분의 산곡작가들이 그러했듯이 노지도 전원시인 도연명을 대단히 흠모하였다. 그는 우연히 도연명시를 읽다가 하루아침에 관직을 사임하고 고향으로 돌아갔다는 구절에 이르러 감동을 받아 도연명 집구시(集句詩)를 짓고 마음의 위로로 삼기도 하였으며, 도연명의 일생과 사상을 흠모하여 시를 통해 찬미의 정을 기탁하기도 하였다.

노지는 대략 66세(1307) 무렵부터 선성(宣城)에 은거하여 73세(1314)경 세상을 떠날 때까지 만년을 조용하게 보낸다. 은거생활에 대한 동경과 즐거움, 관직생활에 대한 염증을 노래한 그의 작품은 대체로 이 시기에 쓰인 것으로 보인다. 그러나 대부분의 산곡작가들과 마찬가지로 은거의 즐거움을 노래한 그의 작품에는 도연명시와 같은 정취는 있어도 도연명시와 같은 깊이는 찾아보기 어렵다. 노지는 전원생활을 동경하면서 시시비비가 없는 곳에서 한거하는 즐거움을 누리고자 했지만, 몸은 전원에 있어도 마음 한쪽은 언제나 현실에 대한 미련을 떨치지 못했기 때문에 끊임없이 요동치는 산란한 마음을 붙들어 매어놓을 수밖에 없었다.

노지의 산곡에는 몇 가지 두드러진 특징이 있는데, 첫째로는 마치원과 같은 호방파 작가들에게서 많이 볼 수 있는 세상한탄의 작품이 적다는 점을 들 수 있다. 그 이유는 이민족의 통치하에서도 한림학사까지 역임하는 등 비교적 순탄한 출세의 길을 걸었던 노지가 정치적으로 뜻을 이루지 못한 마치원에 비해 상대적으로 현실에 대한 인식이 약했기 때문으로 이해할 수 있다.

둘째로는 관한경과 같은 본색을 위주로 하는 작가들에게서 많이 볼 수 있는 남녀 간의 연정이 적다는 점을 들 수 있다. 원대산곡에서 남녀 간의 애정에 대한 묘사는 빼어놓을 수 없는 중요한 부분이지만, 노지에게는 연정과 이별의 정서를 노래한 작품은 13수로 다소 적은 편이다. 이것 역시 그가 전통문인 출신이라는 신분적 특성 때문으로 이해할 수 있다. 그는 시를 논하면서 시경과 초사의 전통을 이어받아 비흥(比興)으로써 교화를 표방해야 한다고 주장하는 등 전통문인의 입장을 견지하는 태도를 보이고 있다. 시에 대한 이러한 입장은 산곡창작에도 영향을 미쳐 본색적인 애정묘사가 적을 수밖에 없었을 것이다.

셋째로는 전통문인 출신으로서 가기(歌妓)에게 곡을 지어주거나 가기를 소재로 한 작품이 많다는 점이다. 노지는 고위관직을 역임한 정통관료 출신이면서도 그의 교유관계는 신분과 지위의 고하를 막론하고 대단히 폭넓었다. 잡극 겸 산곡작가 백박·마치원·유시중·등옥소·장가구, 잡극배우 주렴수·장이운·해어화·두묘륭, 시문작가 류인·요수·조맹부·오징 등과 왕래를 가졌으며, 특수한 사명을 띤 염방사(廉訪使)로서 섬서의 초구(肖䴷)·한택(韓擇), 강동의 왕규(王圭)·왕장(王璋), 호남의 요운(姚雲) 등과 같은 남북의 어진 은사들과도 교유를 맺었다. 그 중에서도 노지는 연회가 있을 때마다 양교교(楊嬌嬌)·강운(江雲)·유혜련(劉蕙蓮) 등의 가기들을 불러서 함께 유흥을 돋우었고, 그녀들과 함께 어울리면서 즉석에서 곡을 지어주거나 노래를 부르게 하였다.

산곡은 구어체 운문인 동시에 평민화 된 문학이기 때문에 그 묘사의 대상이 매우 광범위하여 내용도 시사(詩詞) 못지않게 풍부하고 다양하다. 원대 전후기를 지나면서 서회(書會) 출신 잡극작가, 문인출신 산곡작가, 잡극배우와 가기 등 다양한 계층의 산곡 작가군이 형성되면서 자연스럽게 그 제재의 폭도 점진적으로 확대되어 나갔기 때문에 가능한 것이었다. 원대 초기에 여전히 피세귀은이나 남녀 간의 사랑 묘사에 한정되어 있던 산곡의 창작경향은 노지와 마치원의 시대에 이르러 그 제재가 확대되는 발전의 전기가 마련되었다.

2. 노지의 산곡 풍격

노지는 약관에 벼슬길에 올라 40여 년간 정치 일선에 있었으면서도 은거를 생각하였고, 시는 세상의 교화를 표방해야 한다고 주장하면서도 남녀 간의 사랑을 노래하였으며, 사대부로서 품위를 유지해야 하는 위치에 있었으면서도 연회에서 자주 가기들과 어울렸다. 노지의 이러한 이중적 인격 특징으로 인하여 그의 작품은 제재가 다양해졌을 뿐만 아니라 풍격 상에서도 아(雅)와 속(俗), 청려와 호방, 본색과 문채가 병존하는 현상이 나타났다.

원대 산곡가 관운석(貫雲石)은 『양춘백설』 서에서 처음으로 원대산곡의 풍격을 논하면서 노지의 산곡에 대해 "선녀가 봄을 찾아가듯 부드럽고 아름다우면서도, 자연스럽고 해학적이다.(疎齋媚嫵如仙女尋春, 自然笑傲)" 라고 평하였다.

노지의 작품에는 호방한 것도 있고 청려한 것도 있어 그의 풍격을 어느 한쪽으로 귀속시켜 논하기가 실로 어렵지만, 그래도 그의 작품을 하나하나 읽어보면 전반적으로 청려파의 특징이 현저하게 나타나 있음을 발견할 수 있다.

그러나 그의 산곡은 청려함을 기본 바탕으로 하는 가운데서도 다른 한편으로 산곡의 본색을 구현하고 있기도 하다. 청려한 풍격 속에 산곡의 본색이 가장 두드러지게 나타나 있는 작가로는 단연 관한경을 꼽을 수 있다. 노지는 비록 오랫동안 관료생활을 하면서 전통문인으로서 시교(詩敎)의 중요성을 표방하였지만, 다른 한편으로는 잡극작가는 물론 잡극배우나 가기들과도 폭넓은 교유를 가짐으로써 그의 생활 자체도 상당히 평민화 하였기 때문에 그의 산곡에는 자연스럽게 본색적 특징이 잘 구현될 수 있었던 것이다. 그 결과 그의 이러한 창작 태도는 이후 그와 유사한 입장에 놓여있던 원대 후기 산곡 전문작가들에게로 이어져 산곡의 주요 경향이 청려·시사화·문인화로 흐르는데 결정적인 단서를 제공해주었다.

결국 마치원과 관한경 등의 서회 출신 잡극작가들이 원대산곡을 흥성시킨 주도적인 작가들임에는 분명하고, 원대산곡의 주요 특징인 호방과 본색도 그들의 작품을 통해 두드러지게 체현되었지만, 실제로 그 속에서 원대산곡의 전반적인 흐름은 호방에서 청려로, 속(俗)에서 아화(雅化)로 진행되어 나아갔으며, 노지는 바로 그 큰 흐름의 한 가운데서 물꼬를 열어주는 중추적인 역할을 하였다고 할 수 있다. 그러나 시사에서 흔히 볼 수 있는 작자의 시대정신이나, 마치원에게서 볼 수 있는 강렬한 자아의식 표출을 찾아볼 수 없다는 점은 노지 산곡의 한계점으로 지적될 수 있을 것이다.

제2장
소령(小令)

황종 절절고

동정호 녹각묘 벽에 부쳐

비 개이고 구름 걷혀,
강 위엔 밝은 달빛 가득하네.
바람이 약해지고 파도가 가라앉아,
일엽편주에 오른다.
한밤중에 생각하니,
삼생(三生)은 꿈같고,
만 리의 이별이라.
울적한 마음으로 선창에 기대어 잠든다.

題洞庭鹿角廟壁

雨晴雲散, 滿江明月. 風微浪息, 扁舟一葉. 半夜心, 三生夢, 萬里別. 悶倚篷窗睡些.

* 황종(黃鍾): 궁조의 이름으로 주권의 『태화정음보(太和正音譜)』에서는 "황종궁은 부귀로우면서도 구성지게 노래한다. (黃種宮唱富貴纏綿)"라고 하였다.
* 절절고(節節高): [황종]에 속하는 곡패 이름으로, 형식은

'4 · 4, 4 · 4, 3 · 3 · 3, 6' 이다.

* 삼생(三生): 전생 · 현생 · 후생.

이 소령은 대덕(大德) 연간에 작자가 지헌호남(持憲湖南)에 제수되어 동정호로 가던 도중에 녹각묘(鹿角廟) 벽에 쓴 것이다. 호남 악양현 남쪽 50리 동정호 가에 녹각진(鹿角鎭)이 있으니 그 부근에 녹각묘가 있었을 것이다.

이 곡의 전반부에서는 대낮같이 밝은 달에 물결 없이 잔잔한 동정호의 야경을 묘사하였다. 폭우가 그치고 풍랑이 가라앉은 뒤 명월이 떠오른 밤에 일엽편주를 타고 도도히 흐르는 장강을 내려간다. 후반부에서는 독자에게 마음의 기복과 만감이 교차하는 내면세계를 펼쳐내었다. 즉 동정호의 고요함으로써 내면의 동요를, 달빛의 밝음으로써 내면의 구름을, 즐거운 풍경으로써 슬픈 감정을 부각시켜 예술적 매력을 갖추었다.

작자는 탁군(涿郡) 사람으로 지헌호남으로 나가기 전에는 경성의 관리였는데, 멀리 호남으로 가면서 억누를 수 없는 고향생각에 잠을 이룰 수 없었다. 이로 인하여 비온 뒤의 휘영청 밝은 달을 바라보고, 세차게 흘러가는 강물 소리를 들으면서 심사가 어지러워졌던 것이다. 삼생(三生)은 본래 불교용어로 전생 · 현생 · 후생의 윤회를 가리킨다. 작자는 여기에서 가족을 그리워하면서 관직에 매여 어쩔 수 없이 떠나야하는 먼 길을 생각하며, 나아가서는 윤회와 인과응보의 불교 용어를 생각하고 인생이 꿈같다는 탄식을 표출하였다.

정궁 흑칠노

저녁에 채석에 숙박하면서 술에 취해 전불벌의 <흑칠노>를 노래하고 이로써 거기에 차운하여 첨사(僉事) 장장경과 무호(蕪湖) 유거천에게 부치노라

상수의 남쪽에서 숭산의 남쪽을 늘 생각하며,
오로지 소부(巢父)와 약속을 못 지킬까 염려했네.
돌아와서 배를 대어 호수를 깨우는데,
선창에는 봄비소리 들리누나.
옛사람은 마음속의 생각을 다 버렸고,
나 또한 근심을 동으로 실어 보냈다.
아침에 슬며시 강가에서 이별하여,
다시 저녁 무렵 초승달 아래 노를 멈춘다.

晩泊采石，醉歌田不伐黑漆弩，因次其韻，寄蔣長卿僉司劉蕪湖巨川

湘南長憶崧南住，只怕失約了巢父．艤歸舟喚醒湖光，聽我篷窗春雨．故人傾倒襟期，我亦載愁東去．記朝來黯別江濱，又弭棹蛾眉晩處．

* 정궁(正宮): 궁조의 이름으로 『태화정음보』에서는 "정궁은 비장하면서 웅장하게 노래한다.(正宮唱惆悵雄壯)" 라고 하였다.
* 흑칠노(黑漆弩): 소령 전용 곡패로 <앵무곡(鸚鵡曲)>이라고도 하며, 사패에도 동일한 이름이 있다.
* 채석(采石): 장강 하류의 요새로 우저산(牛渚山)이라고도 한다. 지금의 안휘성 마안산시 서남쪽, 장강 동쪽에 있으며 북으로는 남경, 남으로는 무호로 통한다.
* 전불벌(田不伐): 북송 정화(政和, 1111-1117) 때 대성악부를 맡아 제찬관이 되었다. 장장경과 유거천은 생애 사적이 미상이다.
* 상남(湘南): 상수(湘水)의 남쪽. 상수는 상강(湘江)으로 중국 남부에서 동정호로 흘러드는 강이다. 순임금이 남쪽을 순수하다가 창오산(蒼梧山)에서 승하하니, 그의 두 비(妃) 아황(娥皇)과 여영(女英)이 슬피 울며 순 임금을 따라 이 강에 빠져 죽어 상수의 신이 되었다고 한다.
* 소부(巢父): 고대의 은자로 속세를 떠나서 산의 나무 위에서 살았기 때문에 생긴 이름이다. 요임금이 그에게 나라를 맡기고자 하였으나 이를 거절하였다고 한다.

이 소령은 1303년(대덕 7년)에 호남으로 내려가는 도중에 채석에 머물면서 지은 것이다. 작자가 몇 년 전에 숭산의 남쪽에서 한적하게 지내다가 다시 호남의 임지로 내려가면서 그때의 한적한 생활을 그리워하는 마음이 내재되어 있다.

남려 금자경

숭산 남쪽의 가을 저녁

사령운은 동산에 은거하면서,
때로는 기생과 함께 노닐었지,
내가 있는 숭산 남쪽 화만루.
누각 밖에,
산봉우리에 비단구름 흩어질 때,
누가 오래 살면서,
젊은 여인과 술잔을 짝하는가.

崧南秋晚

謝公東山臥, 有時攜妓遊, 老我崧南畵滿樓. 樓外頭, 亂峯雲錦秋. 誰爲壽, 綠鬢雙玉舟.

* 남려(南呂): 궁조의 이름으로 『태화정음보』에서는 “남려궁은 탄식하며 슬프게 노래한다.(南呂宮唱感歎傷悲)” 라고 하였다.
* 금자경(金字經): [남려]에 속하는 곡패로 형식은 ‘5 · 5, 7 · 1 · 5, 3 · 5’ 의 6운이다. <열금경(悅金經)> · <서번경

(西番經)>이라고도 한다. 여기서는 사령운이 회계(會稽) 동산에 은거하면서 기생들을 데리고 노닌 것을 가리킨다.
* 사공(謝公): 남조시대 대시인 사령운(謝靈運, 385-433)을 가리킨다.
* 옥주(玉舟): 술잔.

이 소령은 1296년(元貞 2년) 작자가 하남로총관 임기를 마치고 숭남에서 한거하던 시기에 지은 곡이다. 동진 때의 대시인 사령운은 강락공에 봉해져 사강락(謝康樂)으로도 불린다. 안연지(顔延之)와 더불어 이름을 날려 안사(顔謝)로 불리고, 진나라에서 벼슬해 비서승(秘書丞)이 되었다. 송나라에 들어 태자좌위솔(太子左衛率)과 영가태수를 지냈는데, 산수자연을 좋아해 유람을 다니느라 정무도 돌보지 않았다. 나중에 사직하고 고향 회계 고택으로 돌아와 원림을 가꾸었다. 시문을 잘 지었고, 산수시의 한 유파를 열었다.

한단으로 가는 길에 머물면서

꿈속의 한단 길,
이번에 다시 또 가는데,
산사람은 값이 높은 게 아니라네.
항상 스스로 조소하며
허명에 도망갈 곳 없어라.
누가 깨우쳐 주리,
새벽서리 귀밑머리에 스며든 것을.

宿邯鄲道

夢中邯鄲道, 又來走這遭, 須不是山人索價高. 時自嘲, 虛名無處逃. 誰驚覺, 曉霜侵鬢毛.

* 한단(邯鄲): 전국시대 조(趙) 나라 서울로 하북성 남부에 있다. 화북평원에서 산서고원으로 들어가는 남북 교통의 요충지로 예부터 교역 중심지로 발전했다. 한단지몽(邯鄲之夢)·한단지보(邯鄲之步) 등의 고사가 생겨난 곳이다.
* 수불시(須不是): 틀림없이 아니다. 반드시 할 수 없다.

노지는 일찍이 연남하북도숙정염방사(燕南河北道肅政廉訪司)

를 두 번 역임한 적이 있었다. 이 소령은 이헌연남(貳憲燕南) 때 지은 것이다. 한단으로 가는 길에 지었는데, 여기에서 한단은 한단지몽(邯鄲之夢)의 고사를 내포한 중의적인 의미가 있다.

한단지몽은 당나라 심기제의 전기소설 「침중기(枕中記)」에 나오는 말이다. 어느 날 도사 여옹(呂翁)이 한단의 주막에서 쉴 때 노생(盧生)이라는 사람이 함께 쉬게 되었다. 노생은 자신의 생이 고단하다고 하며 부귀영화를 원한다고 대화를 나누다 졸음이 왔다. 그때 도사가 청자로 된 베개를 주자 그것을 베고 잠에 빠져 꿈속에서 부잣집 사위가 되고 과거급제까지 하여 절도사에서 재상까지 된다. 그러나 간신의 모함으로 죽을 뻔 했다가 간신히 살아나는 우여곡절을 겪은 다음 다시 부귀영화를 누리다가 세상을 떠났다. 노생은 기지개를 켜며 깨어났는데 여관 주인이 아직도 식사를 준비하는 중이었다. 이 이야기에서 덧없는 일생을 비유하여 한단지몽이라 하게 되었다.

노지는 한단으로 가면서 이 고사를 떠올리며 과연 자신의 인생이 허명을 찾아 헤매는 건 아닌지 뒤돌아본다. 자신은 그것이 부질없다는 것임을 잘 알지만 뜻대로 이루지 못함을 아쉬워하는 마음이 서려있다. 그는 관직에 몸담고 있으면서도 이렇게 늘 은자를 동경하였다.

중려 주이곡

입헌상인을 찾아가 광교정사에서 이것을 지어 술 심부름꾼에게 명하여 양교교에게 노래 부르게 하다

제1수

선원의 한적한 선비와 약속했네,
다시 악부의 미녀 찾아가기로.
학소리와 솔숲의 구름 · 비가 시상을 재촉하네,
그대는 늙은이의 말을 듣고,
그렇게 분사(分司)에게 권하노니,
인생의 즐거움만 말해보세나.

訪立軒上人, 於廣敎精舍作此, 命佐樽者歌之阿嬌楊氏也

相約下禪林閑士, 更尋將樂府嬌兒. 鶴唳松雲雨催詩. 你聽疎老子, 剗地勸分司, 他只道人生行樂耳.

* 중려(中呂): 궁조의 이름으로 주권의 『태화정음보』에서는 “중려궁은 오르내림이 변화무쌍하게 노래한다.(中呂宮唱, 高下閃賺)” 라고 하였다.

* 주이곡(朱履曲): [중려]에 속하는 곡패 이름이다. <홍수혜(紅繡鞋)>라고도 하며, <취고가(醉高歌)>와 함께 대과곡을 만들 수 있다. 형식은 '6 · 6 · 7, 3 · 3 · 5(또는 5 · 5 · 5), 첫 2구는 대구가 되어야 한다.
* 상인(上人): 계율을 엄격하게 지키고 불교에 정통한 승려에 대한 존칭이다.
* 아교양씨(阿嬌楊氏): 선성(宣城)의 명배우 양교교(楊嬌嬌)를 가리킨다.
* 분사(分司): 관직명으로 당나라 때 동도(東都) 낙양에 설치한 중앙관리이다. 어사(御史)의 분사만 실권이 있었고 그 나머지는 은퇴한 관리를 예우하는 데 주로 사용되었고 실권은 없었다.

이 소령을 포함한 세 수는 모두 작자가 만년에 66세(1307) 무렵부터 73세(1314)경 세상을 떠날 때까지 선성(宣城)에 은거하여 만년을 조용하게 보내는데, 이 소령은 아마도 이 시기에 지은 것 같다. 선성은 안휘성 남동쪽에 있으며, 이백이 노래한 경정산(敬亭山)과 사조의 사공루(謝公樓)가 유명하다.

주렴수의 산곡 작품 중에 [쌍조] <수양곡> 2수 「노지에게 답하며(答盧疎齋)」와 「겨울에 여정경 분사를 만난 자리에서(冬季會黎正卿分司席上)」가 있는데, 바로 다음에 여정경을 초대하여 지은 노지의 다섯 수 소령과 상황이 일치한다. 이에 여기서 만난 분사는 바로 그 여정경으로 보이지만 여정경에 대한 자세한 기록은 찾아보기 어렵다.

제2수

텅 빈 숲속에 여러 차례 비온 뒤,
다정스레 웃는 풍류스런 은자.
고상한 말과 노래를 주고받아도,
여인을 데리고 가는 것만 못하다,
안개 낀 누각에서 만나는 건,
모두들 취경 속 속세 떠난 벗이라네.

恰數點空林雨後, 笑多情逸叟風流. 俊語歌聲互相酬. 且不如攜翠袖, 撞烟樓, 都是些醉鄉中方外友.

* 일수(逸叟): 세상을 피하여 은거한 노인.
* 취수(翠袖): 청록색 옷소매로 여자의 옷차림을 가리킨다. 일반적으로 여자를 가리키기도 한다.
* 방외우(方外友): 속세를 떠난 사람으로 승려 · 도사 · 은자를 지칭한다.

이 소령은 비가 오고 난 뒤네 그냥 앉아서 고상한 이야기나 주고받는 것보다는 아름다운 여인과 함께 경치 좋은 누각에 가서 속세를 떠난 친구들과 함께 즐기는 게 좋다는 말이다.

사조(謝朓)는 일찍이 선성태수로 있을 때에 산 남쪽에 높은 누각을 짓고 앞산의 경치를 감상하였으므로 이 누각을 사공루(謝公樓)라 하고, 그 산 이름을 사공산(謝公山)이라 하였다고 한다. 당대 시인 이백은 「동계공의 은거처에서 짓다(題東溪公幽居)」 시에서 "청산과 가까운 집 사조와 한가지요, 푸른 버들 드리운 문 도연명과 흡사하네.(宅近青山同謝朓, 門垂碧柳似陶潛)" 라고 노래했다.

여기에서 노지가 찾아간 안개 낀 누각은 아마도 사조의 사공루일 것이다. 사공루는 사조루(謝朓樓) 또는 북루(北樓)라고도 하며, 악양루 · 황학루 · 등왕각과 더불어 강남 4대명루라 불린다.

제3수

이러한 안개와 노을의 운치,
경정산에서 사조를 찾네.
고운 여인과 백발의 노인이 서로 웃으며 손잡고,
즐겁고 구성지게 노래하며,
술에 흠뻑 취해서는,
즐거운 산행이 무엇보다 좋다고들 말하네.

這一等烟霞滋味, 敬亭山索甚玄暉. 玉頰霜髯笑相攜. 快教歌宛轉, 直待要酒淋漓, 都道快遊山誰似爾.

* 경정산(敬亭山): 안휘성 선성현의 북서쪽에 있는 산으로 육조시대 제나라 시인 사조(謝朓, 464-499)가 선성의 태수로 있을 때 놀러가서 빼어난 경치에 감탄했다고 한다.
* 현휘(玄暉): 남조 제나라 사조의 자이다. 사조는 진군(陳郡) 양하(陽夏, 지금의 하남성 태강현) 사람으로 남조시대 제나라의 걸출한 산수시인이다. 그는 권문세족 출신으로 대시인 사령운(謝靈運)과 같은 집안이다. 사람들은 사령운을 대사(大謝), 사조를 소사(小謝)라 일컫는다. 경릉팔우(竟陵八友)의 한 사람이다. 건무 2년(495)에 선성태수로 나갔다가 2년 후에 다시 돌아와 중서랑이 되었으며, 그 후 남해태수 상서이부랑 등을 역임하였다. 시안왕 소요광(蕭遙光)의 모함으

로 36세에 옥중에서 죽었다. 일찍이 심약(沈約) 등과 함께 영명체(永明體)를 창조하였으며 현존하는 시는 2백 여수가 있는데 대부분 자연경물을 묘사하면서 마음속의 감회를 표출한 것들이다. 특히 오언시에 능하여 시가 청아하고 아름다웠으며 글씨도 잘 썼다.

* 옥협(玉頰): 아름답고 고운 여인의 볼. 미인을 가리킨다.

이 소령은 작자가 선성에 한거하면서 아리따운 여인과 함께 경정산에 올라가 남조의 시인 사조의 자취를 찾으며 즐겁게 노니는 모습이다.

당대 시인 이백은 「경정산에 홀로 앉아(獨坐敬亭山)」 시에서 “뭇 새들 하늘 높이 날아가 버리고, 외로운 구름 홀로 유유히 가버렸네. 아무리 바라보아도 질리지 않는 건, 경정산 너뿐인가 하노라.(衆鳥高飛盡, 孤雲獨去閑, 相看兩不厭, 只有敬亭山)” 라고 하였다.

눈 오는 날 여정경이 술자리에 초대하여 이 다섯 곡을 지어 양교교에게 노래하게 하다

제1수

여러 잔 마신 후 돌아가며 읊조릴 제,
흩날리는 눈꽃 속에 노랫소리 일어나네.
주인과 서쪽 이웃 모두 재주가 뛰어난데,
이때 학 울음소리 듣고,
다시 은일생활 찾아가리.
맹호연이 추위를 당한 것보다야 심하진 않겠지.

雪中黎正卿招飮, 賦此五章命楊氏歌之

數盞後兜回吟輿, 六花飛惹起歌聲. 東道西鄰富才情. 這其間聽鶴唳, 再索甚趁鷗盟, 不强如孟襄陽乾受冷.

* 양씨(楊氏): 가기(歌妓) 양교교를 가리킨다. 작자는 일찍이 <희춘래>과 <주이곡>을 써서 그녀에게 주면서 그녀를 찬미한 적이 있다.
* 동도(東道): 동도주(東道主). 주인.
* 육화비(六花飛): 눈꽃이 날리다. 눈꽃은 6각이기 때문에 육화(六花)를 눈꽃의 별명으로 사용한다.

* 학려(鶴唳): 학의 울음소리.
* 색심(索甚): 정말로 해야 한다.
* 구맹(鷗盃): 지난 은일생활을 가리킨다. 갈매기와 맹약을 맺고 자연 속에서 함께 생활하겠다는 것을 말함.
* 맹양양(孟襄陽): 당대의 유명한 시인 맹호연을 가리킨다. 마치원은 일찍이 잡극 「풍설기려맹호연(風雪騎驢孟浩然)」을 지은 적이 있고, 또 소령 <발부단>에서, "맹호연은, 시흥이 얼마나 광적이었던지. 추운 파릉교에서 나귀를 타고.(孟襄陽, 興何狂. 凍騎驢灞陵橋上)" 라고 하였다. 이것들은 모두 맹호연이 눈밭에서 매화를 찾아가는 고사를 묘사한 것이다.
* 파릉교(灞陵橋): 파교(灞橋)라고도 한다. 장안 동쪽을 흐르는 파수(灞水)에 있는 다리이다. 옛날에 사람들이 이별할 때 이 다리에 가서 버들가지를 꺾어 송별의 정을 표하였다고 한다. 당나라 때 정계(鄭綮)가 "눈 내리는 날 나귀를 타고 파릉교를 건너면 시상이 절로 난다." 라고 하였다. 맹호연은 눈 속에 나귀를 타고 눈썹을 찌푸리고 시를 읊으며 파릉교를 지나갔다는 고사가 있다.

이 소령은 앞에서 언급한 여정경 분사(分司)를 초대하여 술잔을 들고 눈을 감상하는 한적하고 편안한 정취를 묘사한 것이다. 학의 울음소리 들으며 은둔처를 찾아 간다는 것에서 은일생활에 대한 동경과 관리생활에 대한 염증을 표출하였다. 언어가 청려하고 풍격이 전아하며 의미가 심장하다. 사의 필법으로 곡을 지어 산곡 아화(雅化)의 선구를 열었다.

제2수

구름처럼 빙빙 도는 맷돌을 보고,
늙은이 초대하여 너울너울 춤춘다.
정자의 버들개지로 푸른 눈썹을 그은 듯.
얼마나 운치 있는 곳인가,
이것이 바로 설아(雪兒)의 노래,
죽간차 있어도 소용이 없어라.

恰才見同雲旋磨, 便相邀老子婆娑. 似臺榭楊花點青蛾. 那些是風流處, 這纔是雪兒歌, 便有竹間茶也不用他.

* 청아(青蛾): 눈썹먹으로 푸르게 그린 눈썹. 누에나방의 푸른 촉수와 같이 푸르고 아름다운 눈썹이라는 뜻으로 미인을 비유적으로 이르는 말이기도 하다.

설아(雪兒)는 당나라 때 이밀(李密)의 애첩으로 가무에 능하였는데, 손님을 만날 때마다 훌륭한 문장이 있으면 설아에게 음률에 맞춰 노래하게 했다. 이에 후세 사람들은 설아를 자주 가기(歌妓)에 비유하곤 하였다. 이 소령은 여정경과 함께 연회에서 술과 노래에 흥이 넘치는 장면을 묘사한 것이다.

제3수

솜을 따다 흩어놓지 않았는데도,
누가 옥을 잘라 방울방울 떨어뜨려,
누가 계곡과 산을 단장했는가!
잠시 주홍이 약간 더해지려 하는데,
노래하는 입이 얼어붙을 지경이라,
바람을 타며 추는 눈의 신의 춤을 보노라.

雖不至撏綿扯絮，是誰敎剪玉跳珠．是誰把溪山粉粧梳．且圖待添些酒興，管甚凍了吟鬚，看乘風滕六舞．

* 잠면차서(撏綿扯絮): 솜을 뜯어놓다. 눈 내리는 모습을 비유한다.
* 등륙(滕六): 전설상의 눈의 신(雪神)이다.

이 소령은 눈 내리는 날씨에 아름다운 설경을 보며 느낀 흥취를 노래한 것이다. 등문공이 죽은 후 하늘에 눈이 많이 내려 장례를 연기하였는데, 등문공이 죽어서도 신하와 백성들을 더 보고 싶어 눈의 신과 통하여 장례일 연기했다고 해서 눈의 신이 등문공과 같은 등씨이고, 눈의 결정체가 육각형처럼 보여서 눈의 신을 등륙(滕六)이라고 했다고 한다.

제4수

관병의 야간 순찰도 없어,
미인을 찾아올 수밖에 없었다.
양춘곡은 깨끗한 절개를 도와주네.
장대가에서 한가롭게 말에게 맡기고,
곡강 언덕을 무심하게 수레에 따르는 것도.
죽창가에서 조용히 눈 내리는 소리 듣는 것만 못하네.

又沒甚金吾呵夜，剩尋將玉女來也．一曲陽春助淸絶．便章臺街閒信馬，曲江岸誤隨車，且不如竹窗深閒聽雪．

* 금오가야(金吾呵夜): 경성의 치안을 담당하는 관병들이 야간에 순찰하는 것을 가리킨다.
* 장대(章臺): 원래는 전국시기 진(秦)나라 궁궐로 섬서성 장안에 있다. 한대에는 장대 아래에 있는 거리를 장대가(章臺街)라 불렀으며, 후래에는 주로 유흥가에 비유하였다.

장대가와 곡강은 모두 편안하게 놀기에 좋은 명승지를 가리킨다. 이 소령은 장안의 유흥가에서 노는 것보다 눈 내리는 산속에서 흥취를 즐기는 게 더 좋다는 것을 노래하였다.

제5수

귀공자들의 술 단지에 그득한 술,
미인들의 손바닥엔 황금 술잔.
술 마시고 노래하며 푸른 눈썹 찡그리고,
은촛대가 어두워질 때까지 줄곧 마시노라.
옥승(玉繩)이 낮아지고,
눈이 그쳐도 사람은 돌아오지 않네.

泛公子樽中雲液, 倩佳人掌上金杯. 淺酌淸歌翠顰眉. 直喫到銀燭暗, 玉繩低, 雪晴時人未歸.

* 운액(雲液): 술의 다른 이름으로 고대에는 양주(揚州)의 명주였으나 후에 좋은 술을 뜻하는 말로 사용된다.
* 옥승(玉繩): 북두칠성의 다섯 번째 별이름.

이 소령은 친구들과 함께 밤늦게까지 연회를 즐기며 노는 모습을 노래한 곡이다. 이상의 소령 다섯 수는 만년에 선성에서 한거할 시기에 여정경을 초대하여 함께 즐기며 지은 것이다. 여정경은 아마도 당시에 강동도숙정염방사(江東道肅正廉訪司)에서 분사로 근무했을 것이다.

천녕 북산선로의 초대로 쌍송정사에서 술 마시며
天寧北山禪老招飮於雙松精舍

봄 향기 선원에 가득하여 푸른 새싹 무성하고,
사랑노래 들으며 대나무에 기댄 모습 아름다워라.
운감차는 바람 부는 난간에 잘 어울리는데.
잠시 마힐(摩詰)의 병을 치료하여,
꽃을 뿌리며 부처를 공양하는 신선이 되었네,
원래 이 별천지는 세상에서 멀다네.

연지와 분을 바른 자태 전생의 연업이라,
그이를 비웃으며 마음의 흔들림을 단번에 없애노라.
비로소 능엄경을 다 외우고 예불을 드리네.
어쨌든 공과 색은 꿈이니,
네가 앞으로 조금 가까이 다가가면,
이 늙은 쌍송에게 예쁜 시종이 되리라.

春意滿禪林葱蒨，艶歌聽倚竹嬋娟，掩映雲龕敞風軒，頓醫回摩詰病，强半是散花仙. 原來這醉鄕離朝市遠.

脂粉態前生緣業，笑渠儂一剗心邪. 纔誦罷楞嚴禮釋伽. 管甚空色夢，你且近前些. 與這老雙松作個嬌侍者.

* 천녕(天寧): 현재의 강소성 상주(常州)에 있다.

* 선로(禪老): 참선하는 노스님. 노선사(老禪師).
* 선연(嬋娟): 얼굴이 곱고 아름답다.
* 운감(雲龕): 차의 이름이다.
* 거농(渠儂): 그, 그 사람.
* 능엄(楞嚴): 능엄경. 이 경의 정확한 이름은 대불정여래밀인수증요의제보살만행수능엄경(大佛頂如來密因修證了義諸菩薩萬行首楞嚴經)인데, 간단히 줄여서 대불정수능엄경 · 대불정경 · 수능엄경 · 능엄경 등으로 불리며, 일명 중인도나란타대도량경(中印度那蘭陀大道場經)이라고도 한다. 이 경은 섭심(攝心)에 의하여 보리심을 요득하고 진정한 묘심을 체득하는데 있다. 진정한 묘심이란 선가에서 체증(體證) · 오입(悟入)하려고 하는 것이기 때문에 이러한 선가의 요문에 밀교사상이 가미된 것이 이 경이라 하겠다.

이 소령은 노지가 천녕의 북산선로에게 초대되어 함께 술 마시면서 시종 드는 여인을 희롱하며 지은 곡이다. 이 곡도 노지가 선성에서 한거할 때 지은 것으로 보이며 선사와도 자유롭게 만나 한담을 나누고 연회를 가지는 등 그의 교유 범위가 상당히 넓었음을 알 수 있다.

중려 보천악

상양으로 가는 도중에

악양으로 왔다가,
상양으로 가는 길에,
저녁연기 피어나는 촌락,
냇물과 어우러졌어라.
멀고 가까운 산에,
구름은 오락가락,
계곡 옆의 절과 운무 속의 숲,
이때 두 세 명의 나무꾼과 어부 만났으니,
이런 풍경을 누가 묘사할 수 있으리.
나그네의 창작에,
서론이 필요 없구나.

湘陽道中

岳陽來, 湘陽路, 望炊烟田舍, 掩映溝渠. 山遠近, 雲來去. 溪上招提烟中樹, 看時見三兩樵漁, 凭誰畵出. 行人得句, 不用前驅.

* 보천악(普天樂): [중려] 속하는 곡패 이름이다.

* 악양(岳陽): 호남성 북부, 동정호의 북동부에 있는 수상교통의 요충지이다.
* 상양(湘陽): 현재 호남성 악양시 상양현이다.
* 초제(招提): 산스크리트어의 척두제사(拓斗提奢)에서 온 말로 본래는 사방을 가리키는 뜻이며, 후에 생략하여 척제(拓提)라고 썼으나 잘못하여 초제(招提)라 쓰게 되었다. 승려들이 거처하는 곳을 초제승방(招提僧房)이라 하므로 초제는 사찰의 별칭이 되었다. 북위 대조가람 이후 사찰건축은 도시나 시골 풍경의 일부분이 되었다. 여기에서 말한 초제는 결코 눈앞에 펼쳐진 풍경을 묘사한 것에 그치지 않고, 당시 그 지역의 민심과 풍속도 반영하고 있다.

이 소령은 작자가 영북호남도 숙정염방사(嶺北湖南道肅正廉訪司) 재임 시기에 주변을 유람하며 지은 일종의 기행곡이다.

서두에 악양과 상양 등의 지명이 나오는 것으로 보아 이 곡은 [황종] <절절고> 「동정호 녹각묘 벽에 부쳐(題洞庭鹿角廟壁)」 뒤에 지은 것이다. 작자는 북에서 남으로 내려가면서 악양·녹각과 작별하고, 상수(湘水) 동쪽에 이르렀다가 계속해서 호남 담주(潭州, 지금의 장사)로 출발하였다.

그 아래에서는 시선을 두 단계로 나누어 먼저 길에서 멀리 보이는 전원산야의 풍경을 묘사한 다음 가까운 계곡의 숲과 사찰로 시선을 돌렸다. 멀리 보이는 산 능선과 밥 짓는 연기에는 도연명의 「귀전원거」의 정취가 느껴진다. 산의 원근과 구름의 변화무쌍한 움직임을 적절하게 묘사한 다음 시선을 가까운 데로 돌려 맑은 계곡 옆을 바라보니 무성한 숲 속에 사원이 즐비해있다. 이러한 그림 같은 환경 속에서 우연히 두세 명의 나무꾼과 어부를 만나, 그들은 그 속에서 소요자적 한다. 마지막으로 나그네의 창작에는 서론이 필요 없다고 한 것은 작자 자신의 심정을 직접 토로한 것이다. 시문에 조예가 깊은 작가로서 이렇게 수려한 풍경을 보고 강렬한 창작 욕구를 불러일으켰을 것이니, 근본적으로 앞장서서 전문적으로 더욱 흥분되는 정경을 찾아 헤맬 필요도 없고, 고심하면서 아름다운 글귀를 찾을 필요도 없다. 눈앞에 펼쳐진 것이 모두 충분한 제재와 영감을 제공해 주기 때문이다. 이 두 구는 서정과 서경, 창작 원천과 방법의 변증법적 관계를 매우 형상적으로 개괄함으로써 우리에게도 많은 영감을 전해준다.

이 곡은 먼저 시간과 공간에서 시작하여 다시 풍경을 묘사한 다음 마지막으로 자신의 감개를 발출하였다. 단순하고 간단한 필치로 산야 · 촌락 · 사찰 · 어부와 나무꾼을 하나하나 시폭에 담아 아름답고 감동적인 산곡의 경지를 창조하였다.

중려 희춘래

여배우 양교교에게 주며

향기로움에 웃음 찾는 매화,
요염하게 잔 권하는 죽엽주,
은방울 같은 노랫소리 찡그린 푸른 눈썹.
은은한 산,
깊숙한 물가에 머무는 구름이어라.

贈伶婦楊氏嬌嬌

香添索笑梅花韻, 嬌殢傳杯竹葉春, 歌珠圓轉翠眉顰. 山隱隱, 留下九皐雲.

* 희춘래(喜春來): [중려]에 속하는 곡패의 이름이다. <양춘곡(陽春曲)>이라고도 하며, 형식은 '7 · 7, 7 · 3 · 5' 로 5구 5운이다. 첫 2구는 일반적으로 대구를 이루어야 한다. 이 곡은 경물을 묘사하면서 감정을 토로하는 데 자주 사용된다.
* 색소(索笑): 웃음을 찾는다는 뜻으로 매화의 이칭으로 사용된다. 「동생 관이 남전에 도착해서 처자를 데리고 강릉에 왔다는 기쁨에 부치다(舍弟觀赴藍田取妻子到江陵喜寄)」라는

두보의 시에는 “처마를 따라다니며 매화와 함께 웃고자 하니, 찬 꽃술 성근 가지가 반은 꽃망울을 터트렸구나.(巡檐索共梅花笑, 冷蕊疎枝半不禁)” 라는 구가 있다. 봄이 되어 모두 함께 모여서 매화를 즐길 수 있으니 얼마나 좋은가라는 뜻이다.

* 죽엽춘(竹葉春): 죽엽으로 만든 술 이름인데, 차의 이름으로도 사용되는 경우도 있다.
* 구고(九皐): 깊숙한 곳에 있는 못이라는 뜻이다. 『시경』「학명(鶴鳴)」에 “학이 깊숙한 물가에서 우니, 그 소리가 들판에 울려 퍼지네.(鶴鳴于九皐, 聲聞于野)” 라고 하였다. 몸은 은거해 있어도 그 이름은 자연히 세상에 드러나게 된다는 뜻으로 후에는 은자나 현인을 지칭하는 말로도 사용되고, 학을 가리키는 뜻으로도 사용된다.

이 소령은 작자가 만년에 선성에서 거주하던 시기에 지은 것이다. 작자는 가기 양교교와 함께 자주 어울리며 주연을 즐겼는데 이 곡은 그녀에게 직접 지어준 작품이다. 여기에서 작자는 양교교의 아름다움을 묘사하여 마치 깊숙한 물가에 머무는 구름과 같다고 하여 그 이면에 『시경』「학명」에 나오는 의미를 기탁하였다. 양교교가 비록 지금은 다소 초라한 자리에서 재색을 뽐내고 있을 뿐이지만 그 명성이 언젠가는 크게 드러날 것이라는 의미가 내포되어 있다.

능양객사에서 우연히 짓다

매화는 잔설 위에 매달려 향기를 발하며 인내하고,
버들은 봄바람에 기대어 빙그레 웃으며 바라보네.
따뜻하고 부드러운 술상을 차린 작은 누각,
붉은 옷차림의 여인들,
나지막이 희춘래(喜春來)를 노래하네.

술을 들고 꽃피는 마을을 찾아,
빛바랜 매화 단장을 보니 살구볼 같네.
유신 · 완조 따라서 천태산 가지 말라.
선동(仙洞)이 너무 좁으리라.
별천지에서 희춘래를 노래하네.

陵陽客舍偶書

梅擎殘雪芳心耐, 柳倚東風望眼開, 溫柔樽俎小樓臺. 紅袖客, 低唱喜春來.

攜將玉友尋花寨, 看褪梅粧等杏腮, 休隨劉阮訪天台. 仙洞窄, 別處喜春來.

* 능양객사(陵陽客舍): 능양산 아래에 있는 객사이다. 능양산은 지금의 안휘성 선주(宣州), 즉 선성 경내에 있다. 풍경이 수려한 태평호(太平湖) 중류 서북쪽에 위치하고 있으며, 산

정상에 동봉 · 중봉 · 서봉이 우뚝 솟아 있다. 능산(陵山)이라고도 하며, 옛날에는 만수산(萬壽山) · 삼태산(三台山)이라고 하였다.

* 유완(劉阮): 동한 때 천태산(天台山)의 선경에 들어가서 약초를 캐다가 선녀를 만나 반년을 살았다는 유신(劉晨)과 완조(阮肇)를 말한다.

이 소령은 노지가 강동도제형안찰부사(江東道提刑按察副使) 재임 시에 지은 것이다. 능양산(陵陽山)은 안휘 선성에 있는데 이곳은 바로 노지가 재직했던 지역이다. 『태평악부』에서는 원호문의 작품으로 보았는데 잘못된 것 같다.

남조시대 유의경의 『유명록(幽明錄)』에 의하면, 후한 명제 영평(永平: 58-75) 연간에 유신은 완조와 함께 약초를 캐러 천태산에 올라갔다가 길을 잃어버렸다. 이때 그들은 산속에서 용모가 눈부시게 아름다운 두 여인을 만났는데, 그 여인들은 유신과 완조를 초대하여 음식을 풍성하게 차리고 환대하였다. 그렇게 반년을 지낸 후 유신과 완조는 집에 돌아가길 부탁하여 집에 도착하니 자손들이 이미 7대까지 내려가 있었다. 그 후 유신과 완조는 다시 천태산으로 들어갔으나 그 여인들의 행방을 찾지 못했다.

노지는 이 소령에서 봄이 도래한 즐거움을 노래하면서, 유신과 완조가 찾아갔던 천태산의 선동은 사람들이 너무 많이 찾아가 좁을지 모르니 차라리 지금 이곳에서 아름다운 봄맞이를 하며 즐기는 게 낫다고 하였다.

임칙명의 운에 화답하여

제1수

시단에 있으면 시흥이 사라지고,
가리개 사이로 보니 육병풍에 빠지네.
해당화 핀 후에 제비가 날아서 돌아오고,
잠시 쉬다가,
달빛이 좋아 밤늦게 잠드네.

和則明韻

騷壇坐遍詩魔退, 步障行看肉陣迷, 海棠開後燕飛廻. □暫息, 愛月夜眠遲.

* 칙명(則明): 원대 산곡작가 임욱(任昱)의 자이다. 원나라 사명(四明, 지금의 절강성 영파시) 사람이다. 노지 · 조명선(曹明善) · 장가구(張可久) 등과 같은 시대 인물로 그들과 화창한 작품이 남아있다. 젊은 시절에는 유흥을 즐기다가 만년에 학문을 가까이 하였으며 시와 곡에 뛰어났다.
* 보장(步障): 고대에 먼지나 시선을 가리는데 사용하던 병풍처럼 생긴 가리개.
* 육진(肉陣): 육병풍(肉屏風). 여자를 줄 세워서 병풍의 대용으로 한 것을 이르는 말. 중국 당나라의 양국충(楊國忠)이

겨울에 자신의 비첩 가운데 뚱뚱한 자를 골라서 줄 세우고 찬바람을 막은 데에서 유래한다.

이 소령은 「임칙명의 운에 화답하다」 3수 중 첫 번째 작품이다. 이 세수는 모두 작자가 만년에 지은 곡으로 당시에 그는 항주에 한거하고 있었다. 임칙명은 원대에 청루에서 명성을 날린 산곡작가로서 젊은 시절 화류계에 빠져 평생 벼슬하지 않았으며, 그가 지은 산곡은 기녀들 사이에서 인기가 좋았다고 한다. 이 소령은 임칙명의 곡에 화운한 것인데 임칙명의 원운은 현재 보이지 않는다.

제2수

봄 구름은 마치 산옹의 모자 같고,
버드나무 고목은 외나무다리 되었네.
산들바람 가벼운 먼지에 흩날리는 낙화,
멋진 모래언덕 위로,
풀빛에 비치는 비단 옷자락.

春雲巧似山翁帽, 古柳橫爲獨木橋, 風微塵軟落紅飄. 沙岸好, 草色上羅袍.

* 산옹(山翁): 산속에 사는 늙은이.
* 교사(巧似): 마치 꼭 … 같다.
* 나포(羅袍): 비단 도포.

이 소령은 「임칙명의 운에 화답하다」 3수 중 두 번째 곡으로 만춘의 자연풍경을 묘사한 곡이다.

먼저 서두에서는 아주 간결하고 세련된 필치를 사용하여 봄날의 구름과 버드나무 고목을 묘사하였다. 하늘에는 아름다운 구름이 마치 산속에 사는 늙은이의 모자처럼 유유히 가볍게 떠다닌다. 연못가에는 오래된 버드나무가 가로로 쓰러져 마치 외나무다리가 된 듯하다. 곡의 구절 안에 비록 작자의 모습을 구체적으로 나타내지는 않았지만, 이렇게 아름다운 풍경은 바로 작자가 직접 바라보면서 거기에 매료된 것임을 알 수 있다.

그 다음 구에서는 만춘의 계절에 꽃은 이미 시들어 산들산들 불어오는 봄바람 속에 먼지와 함께 흩날린다. 꽃이 피고 지는 것은 자연의 섭리이지만 작자는 여기에서 봄이 가는데 대한 슬픈 감정을 표현하지 않고 담담하게 눈앞에 펼쳐진 정경을 객관적으로만 묘사하였다. 마지막으로 작자는 모래언덕 가에 무성하게 자라나 있는 봄풀의 생기 충만한 모습을 노래하였다. 여기에서 작자는 파릇파릇 돋아난 봄풀들이 자신의 옷자락에 비치는 것을 보고 감회를 일으켰다.

작자는 여기에서 아름다운 봄 경치를 노래하면서, 구름·버드나무·산들바람·먼지·낙화 등의 봄을 상징하는 이미지를 통하여 대자연의 봄 풍경을 형상적이면서도 생동적으로 표현하였다.

제3수

봄이 되어 남국의 꽃은 수놓은 듯 아름답고,
비온 뒤에 서호의 물은 기름처럼 반짝인다.
푸른 산 밖 멀리 있는 조그마한 누각에,
아픈 듯 술 취한 그녀,
홀로 주렴을 드리우네.

春來南國花如繡, 雨過西湖水似油. 小瀛洲外小紅樓, 人病酒, 料自下簾鉤.

* 영주(瀛洲): 신선이 산다는 전설상의 산이다. 『사기』「진시황본기」에서는 "바다 가운데 삼신산이 있는데 그 이름이 봉래(蓬萊) · 방장(方丈) · 영주(瀛洲)이며 신선이 거기에 살고 있다."라고 하였다.
* 홍루(紅樓): 아름다운 누각으로 부귀한 여인의 거처를 가리킨다. 이 구에서는 이백의 「의춘원에서 시종하며 어명을 받들어 짓다(侍從宜春苑奉詔賦)」에 나오는 "봄바람이 불어와 장안의 풀이 더욱 짙어지고, 임금님 궁전 황후의 누각에서도 봄기운 일게 되니 더욱 좋아라.(東風已綠瀛洲草, 紫殿紅樓覺春好)"라는 구를 운용하였다.

이 소령은 노지의 「임칙명의 운에 화답하다」 3수 중 마지막 곡으로, 봄날 항주 서호(西湖)의 수려한 풍경을 묘사하면서, 홍루에 있는 사람에 대한 작자의 그리움을 그려내었다. 이 곡은 작자가 강동도염방사(江東道廉訪使)로 부임하였을 때 지은 것이다.

이 소령은 전체적으로 보면 두 단락으로 나눌 수 있다. 전반부에서는 남국의 봄꽃과 서호의 맑은 호수를 묘사하였다. 후반부에서는 작자의 마음속 사람에 대한 그리움을 함축적으로 묘사하였다.

먼저 서두에서는 봄날에 비단수를 놓은 것처럼 아름다운 남국의 꽃과 봄비 내린 후 서호의 출렁이는 파도와 반짝이는 물빛을 적절한 비유를 사용하여 형상적으로 묘사하였다.

그 다음에서는 푸른 산 밖에 어떤 여인이 말없이 홀로 누각에 올라 술에 취해 발을 내리며 침상에 누워 꿈속에 빠져든다. 비단처럼 아름다운 꽃들이 피어난 봄날에 청산 밖 작은 홍루에 있는 여인이 아름다운 봄 경치를 구경하러 나가지 않고 오히려 아픈 듯 술에 취해 홀로 발을 내려 잠든다. 여기에서 작자는 상상력을 발휘하여 멀리 있는 마음속의 사람에 대한 깊은 그리움을 표현하였다. 일반적으로 노지의 산곡이 '봄을 찾는 선녀처럼 아름답다(疏齋詞嫵媚, 如仙女尋春)' 는 평가를 받는 것은 바로 이러한 예술 풍격을 두고 한 말이다.

상조 오엽아

가기(歌妓)에게 주며

홍초(紅綃)의 주름,
미대(眉黛)의 근심,
사랑 편지 전한 맑은 가을,
뛰어난 태수의 문장이요,
훌륭한 제후의 성품이라,
최고의 풍류를 갖추었네.
늙고 병든 나에게 꽃을 보내주다니.

贈歌妓

紅綃皺, 眉黛愁, 明艶信淸秋. 文章守, 令素侯, 最風流. 送花與疎齋病叟.

* 상조(商調): 궁조의 이름으로 『태화정음보』에서는 “상조는 처량하면서도 원망하듯 사모하듯 노래한다.(商調唱淒愴怨慕)” 라고 하였다.
* 오엽아(梧葉兒): [상조]에 속하는 곡패 이름이다.
* 홍초(紅綃): 붉은 비단. 기녀의 이름에 많이 사용되며 당대

백거이의 가녀(歌女)의 이름이기도 하다.
* 미대(眉黛): 눈썹을 그리는 먹. 여인을 비유함.
* 문장수(文章守): 문장태수(文章太守)를 가리킨다. 문장태수는 원래 훌륭한 지방장관을 찬미하는 말이다. 문장태수는 당연히 문장에 능하다는 말인데 그 의미가 여기에 그치지 않고 정사도 잘 보고 백성도 사랑하며 청렴결백한 대문장가라야 문장태수라 할 수 있다.

이 소령은 작자가 만년에 늙고 병들어 아무도 찾아주는 이 없이 집에 쉬고 있을 때 젊은 시절에 함께 교유하던 가기가 안부편지와 꽃을 보내주자 거기에 감사하는 마음의 보답으로 쓴 답장이다. 작자는 여기에서 늙어도 자기를 잊지 않고 위로해주는 그 가기에게 최고의 찬사를 보내며 고마움을 전하고 있다.

연회자리에서 재미로 짓다 4수

제1수

꽃 속에 앉아,
대숲 밖에서 노래하다,
푸른 눈썹을 찡그려 추파를 전하네.
그대는 공연히 머뭇거리는데,
내가 어찌하여 이럴까?
또 그 사람 믿을 수 있을까?
멍청한 생각을 끊어버리지 못하는 게 나라네.

席間戲作四章

花間坐, 竹外歌, 顰翠黛轉秋波. 你自在空躊躇, 我如何肯恁麽, 却又可信着他, 沒倒斷癡心兒爲我.

* 임마(恁麽): 이렇게. 이처럼. 어떻게.

이 소령은 대언체 곡으로 멋진 남자에 반하여 사랑의 마음을 전하는 여인의 심정을 노래한 것이다. 사랑에 실패한 적이 있으면서 또다시 사랑을 찾는 여인의 마음이 잘 표현되어 있다.

제2수

나지막한 소리로,
아리땁게 노래한다.
운치가 깊어지니 정도 더욱 많아진다.
연회자리에서,
그 사람이 이상해,
어찌할까?
눈길을 보내며 자꾸 나를 쳐다보네.

低聲語, 嬌唱歌, 韻遠更情多. 筵席上, 疑怪他, 怎生呵, 眼挫裏頻頻地覷我.

* 의괴(疑怪): 이상하게 생각하다. 괴이하게 여기다.
* 눈좌(眼挫): 눈길, 눈초리.

이 소령도 여인의 마음으로 노래한 대언체 곡이다. 연회에서 자기에게 반하여 눈길을 주는 남자를 보고 느낀 사랑의 감정을 노래한 것이다. 제3구에서 운치가 깊어진다고 한 것은 아름다운 여인의 노랫소리에 은근한 정이 배여 있다는 의미이다. 남자의 눈길에 다소 당황하는 여인의 심정이 잘 묘사되어 있다.

제3수

최근에 살 빠진 건,
너무 고민해서인데,
술병이 아니라 시흥 때문이라.
가냘픈 허리 춤사위,
하얀 치아 노랫소리,
이렇게 아름다운데,
무슨 죄가 되겠나.

新來瘦, 忒悶過, 非酒病爲詩魔. 纖腰舞, 皓齒歌, 便俏些箇, 待有甚風流罪過.

* 특(忒): 아주. 너무.
* 시마(詩魔): 시흥. 시의(詩意).
* 풍류죄과(風流罪過): 법률상 문제가 되지 않는 가벼운 죄. 남녀 간에 옥신각신 하는 허물.

이 소령은 연회에서 노래하고 춤추는 여인의 미모에 반해 고민하다가 살이 빠진 한 남자의 마음을 노래한 것이다. 결국 그는 그것을 시흥 때문이라 하면서 로맨틱한 일로 돌린다.

제4수

흰 수염이 전혀 보이지 않고,
이제 겨우 사십이 되었는데,
집안에 보배 있어도 전혀 마음이 든든하지 못하다.
술맛을 한번 보니,
길이 넓어져,
비단 천은 좋은 앞길 같고,
건장함은 젊은 후배들 같네.

全不見白髭, 纔四十整, 有家珍無半點兒心腸硬. 醇一味, 龐道兒, □錦片也似好前程, 到健如靑春後生.

이 소령은 중년에 이른 작자가 어떤 보배보다도 좋은 술을 마시며 즐겁게 지내는 게 좋다는 이치를 노래한 것이다.

「연회자리에서 재미로 짓다」 4수는 『악부신성』에는 작자의 성명이 기록되어 있지 않다. 수수삼은 『전원산곡』 주에서 “그러나 그 앞의 한 곡이 노지의 「가기에게 주며(贈歌妓)」이고, 이 4곡의 제2수가 『북사광정보』에 실려 있으며, 제3수가 『옹희악부』에 보이는데, 모두 노지의 작이라 밝혔다. 그리고 『이원악부』에서도 「석간희작 4장(席間戱作四章)」이라 하였으니 당연히 모두 노지의 작품일 것이다.” 라고 하였다.

무제(1)

한단으로 가는 길,
다시는 유람하지 않고,
호탕한 기개로 왕후장상을 농락한다.
비파삼농의 연주에,
술이 여러 잔이라,
취했을 때 그만 두리,
입을 다물고 벗어나서 수수방관 하리라.

無題

邯鄲道, 不再遊, 豪氣傲王侯. 琴三弄, 酒數甌, 醉時休, 緘口抽頭袖手.

* 삼농(三弄): 비파음악의 하나인 매화삼농(梅花三弄)이다.
* 추두(抽頭): 몸을 빼내다. 벗어나다.

이 소령은 작자가 다시 중앙관직으로 돌아와서 왕후장상도 두렵지 않을 정도로 대단한 위세를 누렸지만 이내 싫증을 느껴 현실의 모든 권위를 버리고 다시 세상 밖으로 뛰쳐나가 유유자적 하고 싶은 마음을 노래한 것이다.

무제(2)

편안하게 지내면서,
무사하게 살면 되지,
존귀함을 어찌 기대하랴!
처마 낮은 집,
거친 베옷에,
기장이 익어가니,
이것이 내 평생의 만족하는 소원일세.

平安過, 無事居, 金紫待何如. 低簷屋, 粗布裾, 黍禾熟, 是我平生願足.

* 금자(金紫): 금인과 자수의 뜻으로 존귀한 사람을 비유하는 말이다.

이 소령은 앞의 곡에 이어서 작자가 더 이상 관직에 연연하지 않고 전원으로 돌아가 복잡한 세상일은 잊어버리고 평범하게 농사지으며 지족안분(知足安分)의 삶을 살고 싶은 소망을 노래한 것이다.

월조 소도홍

(제목 없음)

회갑연에 소도홍을 올리고,
별천지를 단장하여 바치는데,
반쯤 언 꼭두서니 떠다니네.
채색 구름 속에,
매화향이 나부몽(羅浮夢)을 깨우네.
은 술잔의 맛있는 술,
아름다운 시가에 맑은 노랫소리,
모두 오봉(鼇峯)에서 취하네.

壽筵添上小桃紅, 粧點壺天供, 茜蕊冰痕半浮動. 彩雲中, 生香喚醒羅浮夢, 銀杯綠蟻, 瓊枝淸唱, 全勝醉鼇峯.

* 월조(越調): 궁조의 이름으로 『태화정음보』에서는 "월조는 마음껏 표현하면서도 냉소적으로 노래한다.(越調唱陶冶冷笑)" 라고 하였다.
* 소도홍(小桃紅): [월조]에 속하는 곡패의 이름이다.
* 호천(壺天): 호중천(壺中天). 항아리 속에 있는 신기한 세상이라는 뜻으로, 별천지 · 별세계 · 선경(仙境) 따위를 이르는

말이다.

* 장점(粧點): 단장하다. 좋은 땅을 골라서 집을 짓다.
* 나부몽(羅浮夢): 광동성 증성현(增城縣)에 있는 나부라는 산에서 수나라의 조사웅(趙師雄)이 꿈에 나부소녀(羅浮少女: 매화 숲속의 요정)를 만났다는 이야기이다.
* 녹의(綠蟻): 미주(美酒)의 별칭. 술독에서 술이 거의 익을 무렵, 녹색의 기포가 쌀알만큼 생기는데 마치개미가 기어가는 것 같아 붙여진 이름이다.
* 경지(瓊枝): 옥같이 아름다운 가지. 아름다운 시문(詩文)을 비유한다.
* 오봉(鼇峯): 오산(鼇山)의 봉우리. 곧 신선이 사는 곳. 오산은 큰 자라의 등에 얹혀 있다고 하는 바다 속의 산으로 신선이 사는 곳이라 전해진다. 한림원(翰林院)의 별칭으로도 사용된다.

이 소령은 작자가 누군가의 수연(壽宴)에 바친 곡으로 매화향기 가득한 신선의 나라에서 오래도록 즐겁게 살기를 기원하였다. 여기에서 작자는 조사웅이 꿈에 나부산에서 한 여인을 만나 그녀와 함께 이야기를 나누는데 꽃향기가 엄습하고 말은 맑고 아름다웠으며, 혼연히 취하였다가 깨어나 보니 큰 매화나무 아래였다고 하는 나부몽(羅浮夢) 고사를 빌려와서 자신의 마음을 기탁하였다.

쌍조 침취동풍

가을경치

절벽위에 거꾸로 매달린 마른 노송,
노을아래 나란히 날아가는 들오리.
사방에 수없이 펼쳐진 산,
앞으로 끝없이 흐르는 물.
흩어지는 가을바람 하늘 가득 가을 빛,
고요한 밤 높은 돛이 달빛에 낮게 그림자지고,
소상풍경도 속에 이내 몸을 실어본다.

秋景

掛絶壁松枯倒倚, 落殘霞孤鶩齊飛. 四圍不盡山, 一望無窮水. 散西風滿天秋意. 夜靜雲帆月影低, 載我在瀟湘畵裏.

* 쌍조(雙調): 궁조의 이름으로 『태화정음보』에서는 “쌍조는 민첩하면서도 격렬하게 노래한다.(雙調唱健捷激梟)” 라고 하였다.
* 침취동풍(沈醉東風): [쌍조]에 상용되는 곡패의 이름이다. 형식은 ‘6 · 6, 3 · 3 · 7, 7 · 7’ 이며 7구 6운이다. 1 · 2구와

3 · 4구는 대구를 이루어야 한다.

* 소상화(瀟湘畵): 소상팔경도를 말한다. 송대 풍경화가 송적이 그린 소상강의 아름다운 팔경으로 평사낙안(平沙落雁) · 원포귀범(遠浦歸帆) · 산시청람(山市晴嵐) · 강천모설(江天暮雪) · 동정추월(洞庭秋月) · 소상야우(瀟湘夜雨) · 연사만종(烟寺晩鐘) · 어촌석조(漁村夕照)이다.

이 소령은 대덕(大德) 초년에 작자가 호남염방사(湖南廉訪使)로 나갔을 때 지은 작품이다. 황혼에서 고요한 밤에 이르는 한 폭의 가을풍경도를 방불케 한다. 전반적으로 희열의 심정과 청려한 필치로써 소상강에서 배를 타고 유람하면서 본 강가의 풍경에 대한 감회를 묘사하였다. 전반부는 낮 풍경을 묘사하였고, 후반부는 밤 풍경을 묘사하였는데, 시공의 변화 속에서 작자의 유연자득(悠然自得) 하고 번잡한 속세를 벗어난 고요한 심정을 전달하고 있다.

소상화는 유명한 송적의 「소상팔경도」를 가리킨다. 옛사람들의 안목 속에 시정(詩情)과 화의(畵意)는 상통하는 것으로 형상 밖에의 뜻이 풍부한 그림을 바로 화중유시(畵中有詩)라 하고, 형상 자체를 잘 묘사한 시를 시중유화(詩中有畵)라 한다. 돛을 높이 달고 달빛에 그림자를 드리운 채 밤에 맑고 넓은 강위를 운항하는 것에는 화의가 아주 풍부하고, 바로 소상강에 있다면 마치 한 폭의 소상풍경도와 같을 것이기 때문에 “나를 소상화 속에 싣는다.” 라고 하였던 것이다.

술을 마주하여

술잔 들고 물어 본다 인생살이 얼마냐고,
무정한 세월에 사라져버렸네.
복내단을 연성하여,
마음속의 불을 끈다.
호리병을 들고 취하여 한적하게 보내며,
만 리 밖 구름 낀 산에서 큰 소리로 노래하고,
옆 사람이 나를 비웃어도 내버려둔다.

對酒

對酒問人生幾何, 被無情日月消磨, 煉成腹內丹, 潑煞心頭火, 葫蘆提醉中閒過, 萬里雲山入浩歌, 一任傍人笑我.

* 복내단(腹內丹): 도교의 수련방법의 하나인 내단(內丹)을 말한다. 내단은 양생술의 연단(煉丹)에 있어서 외단(外丹)에 상대되는 말이다. 납이나 수은 등을 써서 단(丹)을 짓는 외단에 대하여, 몸 안의 정기를 순환시켜 단을 짓는 것을 말한다. 이는 안으로 육체와 정신을 수련하고 수명을 연장하며 병을 고치기 위해서요, 밖으로 사악을 물리치고 재난을 입지 않기 위해서라고 한다.
* 호로제(葫蘆提): 어리석다는 뜻으로 '葫蘆蹄 · 葫蘆題' 라고도 쓴다. 송원대의 구어로 원곡에 자주 나오는 용어이다. 그

러나 여기서는 원래 글자의 의미를 그대로 살려 호리병을 들다는 뜻으로 번역하였다.

* 일임(一任): 일임한다. … 하도록 내버려둔다. 모두 다 맡기다. 방임하다.

조조는 적벽대전을 앞두고 지은 「단가행(短歌行)」에서 "술을 보며 노래한다. 인생살이 얼마더냐!(對酒當歌, 人生幾何)" 라고 호탕하게 노래하였지만, 이 소령에서는 조조의 이 시구를 빌려 얼마 되지 않는 인생살이를 세상일에 관여하지 말고 술과 함께 잊어버리자고 하였다.

작자는 비록 높은 관직에 몸을 담고 있었지만 수많은 번뇌에 시달려 답답하고 울적한 심정을 풀길이 없었다. 이에 그것이 화기가 되어 가슴에 쌓이자 작자는 그것을 술로 씻어내려고 했다. 잠시 동안은 편안하게 마음의 분노와 원한을 가라앉힐 수 있겠지만 영원히 술독에 빠져 지낼 수도 없는 노릇이었다. 짧은 인생살이에서 매일 매일 생명은 조금씩 소모되어 없어지는데 오랫동안 편안함을 간직할 수 있는 방법이 필요했다. 이에 작자는 산속에 들어가 수도하며 선단(仙丹)을 연성하여 영원히 번뇌를 씻고자 했다. 보통 사람들이 그것을 이해하지 못하고 비웃더라도 그대로 내버려두고 도교의 양생수련을 통해 영원한 안식을 추구하였던 것이다.

피서

더위를 피해 대나무 의자를 자주 옮기고,
시원함을 찾느라 오사모 쓰는 것도 귀찮네.
버드나무 그림자 속에,
홰나무 그늘 아래,
즉시 얼음물에 자두와 오이에 담그네,
문장처사를 받아들인 집안에서,
낮잠에서 깨어나 옷깃도 머리도 풀어헤친다.

避暑

避炎君頻移竹榻，趁新凉懶裹烏紗，柳影中，槐陰下，旋敲冰沈李浮瓜，會受用文章處士家，午夢醒披襟散髮.

* 염군(炎君): 여름을 관장하는 신.
* 오사(烏紗) : 오사모(烏紗帽). 수당(隋唐) 때에 귀족들이 쓰던 모자이다.

이 소령은 무더운 여름에 더위를 피하는 모습을 해학적으로 묘사하였다. 아무리 학자집안이라도 더위 앞에서는 장사가 없는 법이라 예법을 따질 새도 없이 옷과 머리를 풀어헤친다.

과거 응시자

고생스런 가난한 집을 말하다가,
영화로운 궁궐을 자랑하네.
베옷을 벗고,
비단 관복을 입어,
용문(龍門)을 뛰어넘어 장원을 차지했네.
오늘은 대장부의 뜻을 이룬 때라,
궁화(宮花)를 꽂고 어주를 받는구나.

擧子

辭辛苦桑樞甕牖, 誇榮華鳳閣龍樓, 脫布衣, 披羅綬, 跳龍門獨占鰲頭, 今日男兒得志秋, 會受用宮花御酒.

* 상추옹유(桑樞甕牖): 깨진 옹기의 아가리로 창을 만들고 뽕나무로 문지도리를 만든다는 뜻으로 매우 가난함을 이르는 말이다.
* 봉각용루(鳳閣龍樓): 봉각과 용루는 황궁에 있는 누각으로 봉각용루는 궁궐을 뜻한다.
* 나수(羅綬): 비단 인끈으로 맨 관복이란 뜻이다.
* 오두(鰲頭): 원래는 황궁의 대전 앞에 있는 돌계단에 새겨진 자라머리인데 과거 장원급제자가 그것을 밟고 올라갔다고 한다. 이에 관리등용 시험의 장원, 즉 수석 급제자를 일컫는 말로 사용되었다.

* 용문(龍門): 황하와 분하(汾河)가 합치는 지점에서 황하의 200Km 상류에 있는데, 양 기슭이 좁고 아주 심한 급류여서 배나 물고기가 쉽게 오르지 못하며 잉어가 여기를 오르면 용이 되어 등천한다 한다. 여기에서 용문에 오른다는 뜻으로 등용문(登龍門)이라는 말이 생겼으며 당대 이후에는 과거급제를 뜻하는 의미로 사용되었다.
* 궁화(宮花): 과거 급제자가 황제가 베푼 연회에서 머리에 꽂는 꽃이다.

옛날에 과거시험에 응시하는 사람을 거자(擧子)라 하였는데 이 소령에서 노지가 거자를 제목으로 삼은 것은 상당히 이례적인 일이다. 왜냐하면 원대산곡의 전반적인 기조는 실의한 문인들이 현실에 불만을 품고 한탄하거나 전원으로 돌아가 은거의 즐거움을 노래하거나, 아니면 청루 여인들과의 사랑을 노래한 것들이 대부분이기 때문이다. 일반적으로 원대에는 과거제도가 폐지되어 사회 최하위층으로 전락한 한족 문인들에게는 정계에 진출할 길이 차단되어 있었으며, 그래서 과거를 준비하던 많은 문인들은 명리의 장에서 벗어나 잡극이나 산곡 창작에 열정을 쏟았다고 알려져 있다. 그러나 사실 쿠빌라이시대에 이르러서는 다시 과거를 부활하고 유학을 장려하여 한족 문인들에게도 일부 출세의 길이 열려 있었다. 노지는 고위관료 출신답게 당시에 과거에 급제한 이들의 모습을 산곡으로 노래하였으니, 이는 주제 면에서 산곡이 아화(雅化)의 단계로 진입하는 기틀이 되었다고 할 수 있다.

세상 한탄

세속먼지 털어내어 삼베옷을 입고,
강산을 도왔다가 시주객이 되었네.
세상은 물에 뜬 부평초요,
세월은 새장 속의 새로구나.
덧없는 인생살이 탄식하노니 젊은 시절 몇 해던고!
허물어진 집에 봄은 깊어도 눈이 아직 안 녹았네.
백발이 늙음을 더욱 재촉하는구나.

嘆世

拂塵土麻條布袍, 助江山酒聖詩豪. 乾坤水上萍, 日月籠中鳥. 嘆浮生幾何年少, 破屋春深雪未消, 白髮催人易老.

* 마조포포(麻條布袍): 삼베 끈을 맨 베옷 도포.
* 주성시호(酒聖詩豪): 시주(詩酒)를 아주 좋아하는 사람을 가리킨다.

이 소령은 덧없는 세월의 무상함을 노래한 곡이다. 한때 세상에 나아가 공명을 이룬 사람들도 결국은 모두 자연으로 돌아갔으니 짧은 인생을 전원에서 한적하게 보내기를 동경하였다.

흥에 겨워

봄바람에 붉은 비단 입고 모여서 나지막이 춤추고,
달밤에 딱따기를 가볍게 두드리며 노래한다.
금빛 등자나무 술잔을 맛좋은 술에 띄우고,
은빛 오리문양 향로에 붉은 양초를 태운다.
쓸쓸한 서재에서 한담하는 것보다 훨씬 나아
푹 취하여 밤이 깊어서야 집으로 돌아왔네.
누가 나를 부축하여 말에 태워줬는지 기억나지 않는구나.

適興

舞低簇春風絳紗, 歌輕敲夜月紅牙. 金橙泛綠醽, 銀鴨燒紅蠟. 煞强如冷齋閑話, 沈醉也更深恰到家, 不記的誰扶上馬.

* 홍아(紅牙): 박자를 맞출 때 사용하는 악기의 하나이다.
* 녹영(綠醽): 맛좋은 술.
* 살강여(煞强如): 확실히 낫다. 뛰어나다.

이 소령에서는 작자가 봄바람에 흠뻑 취해 달밤에 술을 마시며 노래 부르는 즐거움을 묘사하였다. 높은 관직에 있으면서도 평소에 시주를 즐기는 작자의 모습이 잘 반영되어 있다.

칠석

은초는 쓸쓸한 가을에 그림병풍을 비추고,
푸른 하늘 맑은 밤 고요한 정자,
거미줄 같은 실을 수바늘에 꿰고,
용연향과 사향을 금빛 그릇에 태운다.
인간에게 경사스런 아름다운 칠석날에,
누워서 견우성과 직녀성을 바라보니,
달빛이 오동나무를 맴돌며 비추네.

七夕

銀燭冷秋光畫屛, 碧天晴夜靜閑亭. 蛛絲度綉針, 龍麝焚金鼎. 慶人間七夕佳令, 臥看牽牛織女星, 月轉過梧桐樹影.

* 용사(龍麝): 용연향과 사향을 말한다. 용연향은 향유고래의 창자 속에서 생성되는 물질로 만든 고급향료이고 사향은 사향노루의 사향선을 건조시켜 만든 고급향료이다.

이 소령은 아름다운 칠월칠석날 밤하늘을 바라보며 견우와 직녀의 이야기를 생각하며 지은 곡이다.

중양절

단풍잎에 글을 써서 맑은 궁궐 개천에 흘려보내고,
국화를 구경나온 사람들이 가루(歌樓)에서 취하네.
하늘에 길게 늘어진 기러기 모습 드물고,
달이 넘어가니 산색이 수척하다.
조용하고 쓸쓸한 늦가을에,
시든 버드나무에서 우는 늦가을 매미의 근심,
누가 평민에게 술을 갖다 주겠는가.

重九

題紅葉淸流御溝, 賞黃花人醉歌樓. 天長雁影稀, 月落山容瘦. 冷淸淸暮秋時候, 衰柳寒蟬一片愁, 誰肯敎白衣送酒.

* 중구(重九): 음력 구월 구일로 구가 두 번 겹쳤기 때문에 중구절(重九節)이라 하고, 양(陽)이 두 번 겹쳤다고 해서 중양절(重陽節)이라고도 한다.
* 제홍엽(題紅葉): 단풍잎에 시를 적는다. 당나라 희종 때 한 궁녀가 단풍잎에 "흐르는 물을 어찌도 저리 급할까, 깊은 궁궐은 종일토록 한가한데(流水何太急, 深宮盡日閑)"라는 시를 썼는데, 그것이 궁궐 배수로를 따라 궁궐 밖으로 흘러갔다. 어떤 서생이 그것을 주워 잘 간직하고 있다가 후에 두 사람이 만나 서로 인연을 이루었다고 한다.

* 어구(御溝): 대궐에서 흘러나오는 개천.
* 황화(黃花): 국화
* 한선(寒蟬): 가을 매미.

중양절은 전국시기에 이미 형성되기 시작하여 당대에 이르러서는 공식적인 민간의 명절이 되어 지금에 이르고 있다. 중양절은 답추(踏秋)라고도 하여 음력 삼월삼일의 답청(踏靑)과 더불어 가족들이 모두 집밖으로 놀러나가는 날이다. 중양절 날에는 친한 사람들이 모두 모여 함께 산에 올라가서 재앙을 피하고, 수유나무를 머리에 꽂고 국화를 구경한다. 이 날은 역대로 문인묵객들이 가장 많은 시를 남긴 전통명절 중의 하나이다.

이 소령에서는 먼저 중양절 날 연인을 만나기 위해 단풍잎에 편지를 써서 띄우거나 구경나온 사람들끼리 가루(歌樓)에 모여 흥겹게 보내는 모습을 묘사하였다. 그러나 그 다음에서는 쓸쓸한 가을의 이미지와 함께 늦가을 매미의 근심처럼 보잘 것 없는 서민들을 동정하고 있어 전후 내용이 서로 대조를 이루고 있다.

뒤로 물러나라

남가몽의 맑은 향기와 아로새긴 창,
북망산의 무너진 무덤과 부서진 비석,
풍운은 고금에 변하였고,
세월은 흥망으로 바뀌었네.
공명을 위해 헛되이 하찮은 기운을 다투고,
재상의 자리와 높은 관직을 얼마나 기대했던가!
그래도 기린각의 초상화에 들어가지도 못할 것을.

退步

南柯夢淸香畵戟, 北邙山壞塚殘碑. 風雲變古今, 日月搬興廢. 爲功名枉爭閑氣, 相位顯官高待則甚底, 也不入麒麟畵裏.

* 남가몽(南柯夢): 남가일몽(南柯一夢)이다. 일장춘몽과 같은 뜻으로 꿈과 같이 헛된 한때의 부귀영화를 일컫는 말이다.
* 북망산(北邙山): 하남성 낙양 북쪽에 있는 산으로 후한의 여러 영웅호걸들의 무덤과 당송 때 명신들의 묘지가 많다. 무덤이 많은 곳이나 사람이 죽어 가는 곳이라는 뜻으로 많이 쓰인다.
* 기린화(麒麟畵): 기린각의 초상화. 기린각은 중국 한나라의 무제가 기린을 얻었을 때 마침 전각이 낙성되어 전각 안에 기린의 화상을 그려 붙이고 기린각이라 했다. 그 후 선제 때

곽광 · 장안세 · 한증 · 조충국 · 위상 · 병길 · 두연년 · 유덕 · 양구하 · 소망지 · 소무 등 공신 11명의 초상을 그려 누각에 걸어두었다고 한다. 이로써 기린각을 공명을 성취한 인물들의 대명사로 자주 사용되었다.

이 소령은 인생은 허망하고 무상한 것이라 살아있을 때 아무리 부귀영화를 누리더라도 결국은 죽고 나면 한줌의 재로 돌아갈 뿐이니 일찌감치 물러나서 세상사를 등지고 살아가라는 권고의 노래이다.

남가일몽 고사는 순우분이라는 사람이 꿈에 남가군에 들어가서 부마와 태수가 되어 부귀영화를 누리다가 결국은 모함을 받고 쫓겨났다는 이야기로 인생은 일장춘몽과 같음을 경계한 말이다. 북망산은 한 시대를 풍미한 영웅호걸들이 묻혀 있는 곳이지만 세월이 지나서는 아무도 알아주는 이도 없고 찾아가는 이도 없이 황량한 무덤으로만 남아있어 이 역시 인생무상을 노래할 때 자주 사용되는 고사이다.

누구나 권세와 명예와 부를 쟁취하기 위해 각박한 세상에서 경쟁하며 살아가지만 그렇다고 해서 기린각에 걸릴 정도의 이름을 남기기는 결코 쉬운 일이 아니다. 설사 그렇게 하여 공신록에 이름을 올렸다 하더라도 그들도 결국은 한줌의 재로 돌아갈 뿐이다. 모든 것이 허망하고 무상하니 작자는 이러한 이치를 일찍 깨닫고 한발 물러나서 조용히 삶을 향유하기를 권고하고 있다. 이것은 원대산곡에서 보편적으로 보이는 주제이기도 하다.

한적한 삶

제1수

비온 뒤에 두렁 나눠 오이를 심고서,
가뭄 들면 물을 끌어 삼밭에 대노라.
농사짓는 늙은이 몇 명이 모여앉아,
전원생활 이야기 몇 마디 늘어놓고,
동이 옆에 즐기는 막걸리 인생
술 취하니 세상이 커 보여,
버드나무 아래 맑은 바람 속에 잠든다.

閑居

雨過分畦種瓜, 旱時引水澆麻. 共幾個田舍翁, 說幾句庄家話. 瓦盆邊濁酒生涯. 醉裏乾坤大, 任他高柳淸風睡煞.

* 전사옹(田舍翁): 시골집 늙은이. 즉 농부를 가리킴.
* 와분(瓦盆): 진흙으로 만든 동이.

노지의 산곡은 전원을 제재로 한 것이 많다. 「한적한 삶」 3수에서는 의식적으로 도연명을 모방하여 지은 곡으로 농촌에서 한적하게 생활하는 작자의 생각과 감회를 묘사하였다.

이 소령은 농촌생활에 대한 묘사이다. 비온 뒤에 오이를 심고 삼나무에 물을 대며, 이웃사람들과 왕래하며 농사일을 서로 돕는 모습을 볼 수 있다. 여기에서는 "남산 아래에 콩을 심었더니, 무성한 잡초 사이로 콩싹은 드문드문, 새벽에 일어나 김을 매고, 달과 함께 호미 매고 집으로 돌아온다.(種豆南山下, 草盛豆苗稀, 侵晨理荒穢, 帶月荷鋤歸)" 라고 한 도연명의 「귀전원거(歸田園居)」와 비슷한 느낌을 받는다.

그 다음 동이 옆에 즐기는 막걸리 인생, 술 취하니 천지가 커 보여, 버드나무 아래에서 맑은 바람 속에 잠든다는 것도 바로 도연명의 시에서 변화되어 나온 것이다. 전편에 걸쳐 언어가 통속적이고 소박하며 벽자가 하나도 없고 직접적인 서정의 말도 전혀 없는데도 오히려 형상이 생동적이다. 마지막 구에서 술 취하니 세상이 커 보여, 버드나무 아래에서 맑은 바람 속에 잠든다는 것은 주인공이 만사를 제쳐두고 술에 취한 모습을 사실적으로 묘사하였다.

제2수

맑은 물과 푸른 산을 방금 막 벗어나,
벌써 대울타리 초가집 마을에 도착했네.
길가에 들꽃이 피어날 때,
시골술을 통에서 걸러서,
단번에 벌컥벌컥 들이켜니,
술에 취해 동자는 더 권하지 않고,
백발위로 국화가 이리저리 꽂혀 있네.

恰離了綠水靑山那答, 早來到竹籬茅舍人家. 野花路畔開, 村酒槽頭榨, 直吃的欠欠答答. 醉了山童不勸咱, 白髮上黃花亂插.

* 나답(那答): 나탑(那搭)이라고도 하며, 그곳 · 거기라는 뜻으로 현대중국어의 '那边 · 那里'와 같다.
* 흠흠답답(欠欠答答): 입술이 떨리는 모양.

이 소령에서는 농촌에서 막걸리 마시는 즐거움을 구체적으로 묘사하였다. 산촌 아이의 천진난만한 모습에는 동적인 아름다움이 충만하고 분위기가 생기발랄하다. 순전히 구어와 방언을 사용하여 산곡의 본색적인 풍격 특징이 잘 갖춰져 있다.

제3수

언덕에서 오이 심은 소평(邵平)을 배우고,
울밑에서 꽃 재배한 도연명을 배운다.
연봉오리 가득 핀 연못을 둘러 파고,
차와 천궁에 받침대를 높이 세워,
마음이 울적할 때 돌솥에 차 끓인다.
시시비비 없으니 즐겁게 놀자구나,
산란한 마음을 꽉 붙들어 매어놓고.

學邵平坡前種瓜, 學淵明籬下栽花, 旋鑿開菡萏池, 高竪起茶蘼架. 悶來時石鼎烹茶. 無是無非快活煞, 鎖住了心猿意馬.

* 소평(邵平): 진(秦)나라가 망한 뒤 평민 신분으로 장안성 동쪽에 살면서 참외를 심어 생업으로 삼았는데, 그 맛이 좋아 소평과(召平瓜) 또는 동릉과(東陵瓜)라 불려졌다. 여태후가 한신을 죽인 뒤 고조 유방이 소하를 상국에 임명하면서 오천호(五千戶)에 봉했다. 그 때 그가 소하에게 봉상(封賞)을 사양하고 사재를 털어 군대를 도우라고 충고해 고조의 혐의에서 벗어나게 했다.
* 연명(淵明): 동진의 전원시인 도연명(陶淵明, 365-427)이다. 심양 시상(柴桑, 지금의 강서성 구강) 사람으로 자는 원량(元亮)이고 송나라가 들어선 다음 이름을 잠(潛)으로 고

쳤다. 집 문 앞에 버드나무 다섯 그루를 심어 놓고 스스로를 오류선생(五柳先生)이라 부르기도 했다.

이 소령에서는 소평(卲平)과 도연명을 따라서 오이를 심고 화초를 재배하며 돌솥에 차를 끓이는 등 전원생활의 정경을 구체적으로 묘사하였다. 제일 마지막 구에서는 관직생활에 대한 염증과 전원생활에 대한 즐거움을 부각시켰다.

그러나 마지막에 오히려 산란한 마음을 꽉 붙들어 매어 놓고라고 한 데서 작자에게는 여전히 꽉 붙들어 매어두고 싶어 한 산란한 마음이 있었음을 알 수 있다.

이 세 수의 소령에서 묘사된 농촌에서의 생활상을 통해 보면 도연명시와의 전승 관계를 어렵지 않게 찾아볼 수 있다. 그러나 이 세 수의 소령에는 도연명시와 같은 정취는 있어도 도연명시와 같은 깊이는 없다. 이것은 주로 제3수의 마지막 구에 나타난 심층 의식상에서 표현되었다. 도연명은 은거하면서 출사하지 않은 것은 그가 망국적인 문벌제도 속에 살면서 부패로 얼룩진 현실에 대해 심각한 인식을 가지고 있었기 때문이다. 오히려 그가 전원생활을 진심으로 그리워했던 것은 천성적으로 성격이 그러했기 때문이다. 어려서는 세속에 맞지 않고, 천성적으로 산천을 좋아했다.

그러나 노지는 정통관료 출신으로 하남로총관·집현학사대중대부·출지헌호남을 거쳐 한림학사까지 역임한 인물이다. 사료의 부족으로 그의 정확한 한거(閑居) 시기를 알 수는 없지만 그 기간이 길지 않았으리라고는 추정할 수 있다. 원대 소수민족 통치하에서 장기간 관직생활을 하면서 그는 부패한 관료사회와 정치적 풍파를 알 수 있었으며 심지어는 염증을 느꼈다. 그렇기 때문에 그가 소박하고 단순한 농부의 전원생활에 대해 열렬한 동경을 표했으리라는 것은 충분히 상상하고도 남음이 있다.

따라서 그는 도연명과 같이 부패한 현실을 깊이 인식하고 전원으로 은거하겠다는 결심을 확고하게 가지고 있지는 않았던 것이다. 여기에서 산란한 마음이라 한 것을 통해서 그가 적막함을 달가워하지 않고 부귀공명과 향락생활에 대해 갈망하고 있다는 것을 알 수 있다.

춘정

남은 꽃은 꿀을 빚는 벌집,
가랑비는 진흙 문 제비와 어울린다.
흰 눈 같은 버들개지 날리고,
떨어지는 북숭아꽃 빨간 비 같아라.
두견새 소리에 다시 봄은 돌아가고,
이별시를 지어서 주지만,
상사병은 치유할 수 없어라.

春情

殘花釀蜂兒蜜脾, 細雨和燕子香泥. 白雪柳絮飛, 紅雨桃花墜. 杜鵑聲又是春歸. 縱有新詩贈別離, 醫不可相思病體.

* 밀비(蜜脾): 꿀벌이 꿀을 만드는 벌집으로 봉비(蜂脾)라고도 한다.
* 홍우(紅雨): 낙화를 비유한 것이다.

이 소령은 꿀벌과 제비, 하얀 버들개지와 떨어지는 복숭아꽃, 두견새 울음소리 등을 통해 봄내음이 가득한 다채로운 장면을 구성하여, 독수공방에 괴로워하는 여인의 형상을 부각시켰다.

쌍조 섬궁곡

은거의 즐거움

푸른 파도 속으로 범려처럼 배타고 떠나리.
나른한 술에 머리에 꽃을 꽂고,
즐거워하며 근심을 잊으리.
흔들흔들 거리며,
가을 강가에 좋은 땅을 고르는,
백로와 모래위의 갈매기.
누런 갈대 언덕의 흰 마름풀 나루까지 황급히 노 저어,
푸른 버드나무 언덕 붉은 여뀌 여울에 잠시 정박하네.
취했을 때 쉬고,
깨었을 때 나른하네.
아주 오만한 인간들은,
백자(伯子)와 공후(公侯)라네.

樂隱

碧波中范蠡乘舟，殢酒簪花，樂以忘憂．蕩蕩悠悠，粧點秋江，白鷺沙鷗．急棹不過黃蘆岸白蘋渡口，且灣在綠楊隄紅蓼灘頭．醉時方休，醒時扶頭，傲煞人間，伯子公侯．

* 섬궁곡(蟾宮曲): [쌍조]에서 가장 상용되는 곡패이다. <절계령(折桂令)>·<보섬궁(步蟾宮)>·<섬궁인(蟾宮引)>·<절계회(折桂回)>·<천향인(天香引)>·<광한추(廣寒秋)>·<추풍제일지(秋風第一枝)>라고도 하며, <수선자(水仙子)>와 결합하여 대과곡을 만들 수 있다. 형식의 변화가 많은데, 일반적으로는 '6·4·4, 4·4·4, 7·7, 4·4·4'로 11구 7운이다. 제2절의 '4·4·4'는 정족대(鼎足對)가 되어야 한다.
* 잠화(簪花): 경사로운 모임에서 남자의 머리에 꽂던 조화.
* 장점추강, 백로사구(粧點秋江, 白鷺沙鷗): 이 2구는 『전원산곡』에는 '점추강백로사구(點秋江白鷺沙鷗)' 1구로 되어있는데, 여기서는 『노소재집집존』을 따랐다.

이 소령에서는 공명을 이루고 떠난 범려처럼 관직을 벗어던지고 전원으로 돌아가서 은거하고 싶은 작자의 여망을 표현하였다. 범려는 월왕 구천을 보좌하여 오나라를 멸망시키는데 가장 큰 공을 세웠지만, 그는 큰 명성 아래에서는 오래 살기가 어렵다고 생각하고, 또 구천의 사람됨이 환난을 함께 할 수는 있지만 안락을 함께 나누기는 어렵다고 판단하여 마침내 서시를 데리고 오호에서 배를 타고 떠나서 종적을 감추었다. 작자는 여기에서 이렇게 현명한 범려의 처세 태도를 본받고자 하는 마음을 기탁하였다.

세상 사람들에게 권하다

인생은 칠십년도 살기가 힘든데,
백년 세월 중에,
삼십년이 지나버렸다.
칠십년 중에,
십년은 개구쟁이,
십년은 미성숙한 소년.
오십세는 낮과 밤의 분수령,
이제 막 절반의 낮을 지났다.
비바람이 서로 다그치고,
토끼가 달려가고 까마귀 날아가듯,
깊이 생각해보니,
만사가 즐겁고 편안한 게 제일이라.

勸世

想人生七十猶稀, 百歲光陰, 先過了三十. 七十年間, 十歲頑童, 十載尫羸. 五十歲除分晝黑, 剛分得一半兒白日. 風雨相催, 兎走烏飛, 子細沈吟, 都不如快活了便宜.

이 소령은 인생에 대한 자신의 깨우침을 세상 사람들에게 일러준 것이다. 그의 깨우침은 인생칠십고래희(人生七十古來稀)라는 말에 대한 분석에서 시작되었다. 칠십년을 넘기지 못하는 인생살이에서, 첫 십년은 철모르는 개구쟁이, 두 번째 십년은 아직 성숙하지 못한 소년기로 이때는 모두 인생을 잘 누릴 수 있는 단계가 아니다. 다시 백년세월을 밤낮에 비유하여 자신은 오십년 낮 중에 이제 막 절반을 지났다고 하였다.

그러나 노년의 앞날을 바라보니 석양이 서쪽으로 기울어 미래의 시간이 마치 비바람이 서로 몰아치고 토끼가 달려가고 까마귀가 날아가는 것 같으니, 어찌 총망히 지나가지 않을 수 있겠는가! 깊이 생각해본 후에 자연의 규칙에 저항할 방법이 없다는 것을 알고, 그는 마침내 즐겁게 지내는 것만 못하다는 급시행락(及時行樂)의 결론을 얻었다. 영원한 우주와 아름다운 세상에 대하여 생명의 유한함을 한탄하는 것은 산곡은 물론이고 시사에서도 흔히 보이는 주제이다.

노지는 벼슬길이 비교적 순탄한 편이었지만 청년시기에는 방탕한 생활도 거친 풍류적인 인물이었다. 그러한 경험과 생각으로 삼십 세가 되었을 때 그가 인생에 대한 감탄을 급시행락으로 귀결시킨 것은 자연스러운 일이었다.

창작기법 면에서도 이 곡은 특색이 있다. 전반부에서는 먼저 내면적인 생각과 독백을 분명하게 묘사하였는데, 마치 일상적인 이야기를 하듯이 하여 자연스러움과 친밀감을 느끼게 한다. 후반부에서는 여러 군데서 비유를 운용하여 추상적인 생각을 대단히 형상적인 방식으로 묘사하였다. 여기에서 작자의 솔직담백하고 전혀 가식 없는 성격을 엿볼 수 있다. 유대걸은 이 곡을 일러, 호방과 본색어가 관한경과 마치원의 정신을 표출하였다고 평하였다.

시골농가

제1수

남자는 농사짓고 여자는 베 짜는 일생,
문 앞에 버드나무 심고,
뜰 뒤엔 뽕나무 삼나무,
손님이 찾아오면,
맑은 샘물 길어다가,
직접 차를 끓인다.
아이들은 모두 다 예절을 갖추었고,
산속의 아내는 부드럽고 어질다.
소박하고 선량한 이웃과 함께,
시시비비 없으니,
무엇을 부귀영화라 하겠는가!

奴耕婢織生涯, 門前栽柳, 院後桑麻. 有客來, 汲淸泉, 自煮茶芽. 稚子謙和禮法, 山妻軟弱賢達. 守着些實善鄰家, 無是無非, 問甚麽富貴榮華.

* 노경비직(奴耕婢織): 농사는 남자종에게 묻고, 베 짜기는 여자종에게 물어야 한다는 말이다. 여기서는 남자는 농사짓고 여자는 베 짠다는 뜻이다.

이 소령은 농촌생활의 즐거움 묘사한 것이다. 남자는 농사일에 힘쓰고 아내는 베짜는 일에 전념하여 생계엔 아무 걱정이 없다. 집 앞뒤로 버드나무와 뽕나무를 심어 운치를 더하고 혹시라도 찾아오는 손님이 있으면 맑은 차를 끓여 접대한다. 아이들도 예절 반듯하게 키우고 아내는 어질며 이웃들도 선량하다. 게다가 세상의 명리를 멀리하였으니 시시비비도 일어나는 일이 없어 고요하기만 하니 이것이 바로 세속에서의 부귀영화보다 훨씬 더 낫다는 말이다. 작자는 일찍이 고관을 지낸 적이 있지만 그의 산곡 속에는 부귀영화를 염오하는 탈속적인 은일사상이 적지 않은데, 이 곡에서 바로 그러한 사상을 잘 엿볼 수 있다.

제2수

사삼과 반가가 오는데,
두 다리는 진흙투성이,
새우잡이 하느라고,
태공장의,
버드나무 그늘아래서,
수박을 깨먹는다.
침 흘리며 누워있는 소이가(小二哥),
방아위에 놓여있는 비파 같다.
메밀꽃 피어나고,
녹두싹 피어날 제,
시비를 멀리하니,
농촌생활 너무도 즐거워라.

沙三伴哥來嗏，兩腿靑泥，只爲撈蝦．太公莊上，楊柳陰中，磕破西瓜．小二哥昔涎剌塔，碌軸上渰着箇琵琶．看蕎麥開花，綠豆生芽，無是無非，快活煞莊家．

* 사삼(沙三) 반가(伴哥): 원대 잡극 속에서 젊은 농민을 부를 때 습관적으로 사용하는 말이다.
* 차(嗏): 어미조사

번잡한 도시생활에 염증을 느끼고 부패한 정치권의 내막을 알아버린 작자는 왕왕 부러워하는 눈빛을 조용한 농촌생활에 투영하여 그것을 노래하곤 하였다. 이것은 고대 지식인들, 심지어 고관대작들의 공통적인 경향이면서, 오랫동안 중국 지식인들이 가진 유가사상이 상호보완 사상을 표현한 것 중의 하나이기도 하다. 노지는 줄곧 한림승지에 있었지만 그의 문집 속에는 전월생활을 노래한 작품이 많다. 이는 그의 전원생활에 대한 동경을 반영한 대표작이라 할 수 있다. 그가 묘사한 전원시 중에서 이 곡은 매우 특색이 있다. 이 소령은 일반적인 전원시가 대부분 정경융합(情景融合)의 기법으로 아름다운 전원생활에 대한 작자의 열정을 묘사한 것과는 달리, 순수한 환경묘사는 전혀 없고, 오직 방관자의 각도에서 완전한 백묘의 수법으로 세 농촌소년의 생동적인 형상을 소조하였다.

서두에서는 먼저 새우를 잡느라 진흙투성이가 된 사삼과 반가의 두 다리와 그들이 태공장가 버드나무 그늘 아래에서 즐겁게 수박을 먹는 모습을 묘사하였다. 이어서 다시 마당에서 자고 있는 소이가에게로 시선을 돌렸다. 입가에 침을 흘리며 몸을 구부린 채 방아위에 누워있는 천진난만한 모습을 보고, 그것을 방아위에 놓여 있는 비파에 비유하였다. 계속해서 작자는 농촌의 가장 평범하고 일상적인 사물로써 전편을 총결하면서, 시비를 멀리한 농부가 얼마나 즐거운가라고 하는 마음속의 감탄을 발출했다. 이것은 벼슬길이 얼마나 험난한지를 역으로 보여주는 것이다.

이 소령은 생동적인 언어와 활발한 형상, 진한 농촌 분위기, 반가와 사삼의 소탈함, 소이가의 해학적인 모습 등에 산곡의 본색적인 풍격 특징이 잘 나타나있다.

해당화

마침 서쪽 동산의 금수(錦樹)에 꽃이 피니,
바로 봄이라 동풍이 가득하고.
제비는 누각에 날아드네.
어느 곳 문과 담장,
누구 집의 복숭아와 자두,
먼지 속에서도 스스로 향기를 발하네.
촛불아래 예쁘게 화장한 밤에,
깊이 닫힌 한적한 규방에서.
취한 눈으로 속마음을 읊조리니,
숲속의 풍류요,
바다의 봉래로다.

海棠

恰西園錦樹花開，便是春滿東風，燕子樓臺．幾處門牆，誰家桃李，自芬塵埃．記銀燭紅粧夜來，洞房深掩映閑齋．醉眼吟懷，林下風流，海上蓬萊．

이 소령은 해당화가 핀 봄밤에 쓸쓸한 규방 여인의 외로움을 노래하였다. 사방에 꽃이 피어 아름답지만 깊은 방에 홀로 있는 여인은 외로움에 지쳐 취한 눈으로 속마음을 노래한다.

백련

횡당(橫塘)에 비치는 안개 속 버들과 나부끼는 부들,
당연히 신선의 집이로다.
흰 눈 같은 피부,
더위와 먼지를 깨끗이 씻고,
우선(羽扇)을 살랑살랑 흔들며,
술을 얼음항아리에 따른다.
또한 약야계의 월나라 여인을 보면,
아마도 미녀를 아름답다고 말 못하리.
향기롭고 감동적인 시가 부족하네,
갈매기와 해오라기가 동맹하여,
구름과 물에서 깊숙이 사네.

白蓮

映橫塘烟柳風蒲，自一種仙家，玉雪肌膚．淨洗炎埃，輕搖羽扇，瓊注冰壺．又猜是耶溪越女，怕紅裙不稱淸姝，香動詩臞，鷗鷺同盟，雲水深居．

* 횡당(橫塘): 삼국시대 오나라 때 건업(建業, 지금의 남경)의 남쪽에 있는 회수(淮水, 지금의 진회하)의 남쪽에 쌓은 둑이다.
* 우선(羽扇): 새의 깃털로 만든 부채.

* 야계(耶溪): 월나라 근방의 지명으로 약야계(若耶溪)를 가리킨다. 월나라의 미녀 서시가 빨래하던 곳으로 완사계라고도 한다.
* 홍군(紅裙): 붉은 빛깔의 치마란 뜻으로, 미인이나 예기(藝妓)를 이르는 말이다.

이 소령은 백련의 아름다움을 묘사한 곡이다. 백련은 하얀 연꽃으로 꽃 중에서 군자로 일컬어지는 꽃이다. 세속에 있어도 더럽게 물들지 않고 고결함을 유지하는 백련에 대한 묘사를 통하여 관직에 있으면서도 언제나 마음의 깨끗함을 간직하려는 작자의 마음이 기탁되어 있다.

계수나무

가을꽃을 아름다운 항아라 말하는데,
모두 금속여래(金粟如來)가,
유마거사로 나타난 것이라네.
달 아래 깊이 우거진 숲,
회남(淮南)의 뛰어난 운치,
은자를 부른 이가 누구일까?
아마 맑은 향이 너무 많아서였겠지.
이때에 나의 편안함을 배우며,
바위 언덕을 마음껏 둘러보라.
마디를 어루만지며 큰소리로 노래하며,
시간이 되면 아무렇지 않네.

丹桂

說秋英媚嫵嫦娥, 共金粟如來, 示現維摩. 月下幽叢, 淮南勝韻, 招隱誰呵. 管因爲淸香太多, 這些時學我婆娑. 縱覽巖阿, 撫節高歌, 時到無何.

* 추영(秋英): 가을꽃. 추화(秋花).
* 금속여래(金粟如來): 유마거사의 전신의 이름이 금속여래라고 한다.
* 시현(示現): 신불의 영험을 나타내는 일이다.

* 유마(維摩): 유마거사. 석가모니 생전의 재가불자로서 득도한 대표적인 인물이다. 비야리성(毗耶離城)에서 늘 칭병(稱病)하고 누워서 문병 오는 불제자들에게 병을 가지고 설법했다고 한다.

이 소령은 계수나무를 노래한 것이다. 계수나무의 정명은 목서이고, 그 모습이 청아고결하고 향이 사방으로 풍겨 신선의 벗이라는 뜻으로 선우(仙友)라고도 불린다. 당송 시대 이후 이태백과 두보·백거이를 비롯한 무수히 많은 시인들이 계수나무를 노래하여 중국에서는 달나라에도 계수나무가 있다고 믿었다. 예로부터 계수나무는 황궁에 심던 귀한 나무였으며 달나라에서는 선녀 항아의 그늘이 되어주었다고 해서 사람들이 매우 중시했다. 또 노란 꽃이 조(粟)와 같아 금속(金粟)으로도 불리며 가을에 꽃을 피운다고 해서 추향(秋香)으로도 불린다.

이 소령의 곡패가 섬궁곡인데 섬궁(蟾宮)은 바로 달나라를 뜻하고 달나라에서 계수나무 가지를 꺾어올 정도로 과거급제가 어렵다고 하여 절계(折桂)라는 말도 쓰는데, 이 곡은 섬궁곡 또는 절계령이라고 불리는 이 곡의 곡패의 의미도 함께 깃들어 있다. 이 소령의 서두에서 가을꽃과 항아를 이야기한 것은 모두 계수나무의 전설과 특징에 근거한 것이다. 그리고 불교의 금속여래와 유마거사를 언급한 것은 바로 그 꽃이 조(粟)와 같다는 데서 끌어낸 비유이다. 작자는 계수나무에 담긴 역사적 의미와 상징성을 이 노래에 기탁하여 계수나무 아래에서 한적한 생활을 보내고 싶은 자신의 마음을 노래하였다.

홍매

얼음자국을 꿰매고 연지를 여러 겹 발랐으니,
인간으로 보지 마라.
무성한 살구의 마른 가지,
천축의 단약으로 완성되었네.
동백과 꼭두서니 물감,
햇빛에 비쳐 들쑥날쑥,
함께 대나무에 기댄 미인이 바라볼 때,
그 멋스러움을 충분히 보여주네.
은은히 기이한 자태로,
어리석은 늙은이를 이해하고.
곱고 추함을 감상하네.

紅梅

綴冰痕數點胭脂，莫猜做人間，繁杏枯枝．天竺丹成，山茶茜染，照映參差．共倚竹佳人看時，索饒他風韻些兒．脈脈奇姿，應解癡翁，鑑賞姸媸．

이 소령은 홍매화에 담긴 상징적 의미와 아름다움에 대해 노래하였다.

등나무 술잔

따 보면 시큼한 맛이 있고,
수놓은 둘레에 옅은 무늬,
색깔은 짙은 황색,
섬섬옥수 미인이,
칼을 가지고서,
달콤한 줄기를 자른다.
출렁출렁 넘치도록 잔에 술을 따르고,
모양이 둥글어 고상하게 금상(金觴)이라 일컫는다.
술이 시심으로 들어가,
취했다가 깨어나니,
이와 볼이 여전히 향기롭네.

橙杯

摘將來猶帶吳酸, 綉轂輕紋, 顔色深黃. 纖手佳人, 却用并刀, 剖出甘穰. 波瀲灩宜斟玉漿, 樣團圞雅稱金觴. 酒入詩腸, 醉夢醒來, 齒頰猶香.

이 소령은 등나무로 만든 술잔의 멋스러운 운치를 노래한 곡이다. 옥장(玉漿)은 맛있는 술이고, 염염(瀲灩)은 넘치는 모양이다.

이별 노래

제1수

역수교 동쪽에서 떠나보내고,
만 리의 그리움에,
얼마나 소식을 기다렸던가,
처량함만 싸이는데,
데굴데굴,
가을바람에 낙엽이 떨어지네.
눈만 감으면 옛사랑에 휩싸여도,
따스하던 운우의 정은 종적 없어,
한밤중에 독수공방하며,
웬수 같은 이 그리워,
꿈속에서나 만나려나.

詠別

離人易水橋東，萬里相思，幾度征鴻．引逗淒涼，滴溜溜的，葉落秋風．但合眼鴛鴦帳中，急溫存雲雨無踪．夜半衾空，想像寃家，夢裏相逢．

* 역수(易水): 하북성 역현(易縣)에 있는 강 이름이다. 자객 형가가 진시황을 암살하기 전에 태자 단(丹), 고점리와 이별

을 했던 장소로 유명하다.

* 정홍(征鴻): 기러기 떼가 날아지나간다는 뜻으로 소식을 전한다는 의미이다.

노지의 산곡 중에 남녀 간의 연정을 노래한 작품이 전체의 5분의 일을 차지할 정도로 적지 않지만, 시대적 상황과 신분의 한계로 그러한 감정을 분명하게 전달하지 못했다. 그의 필하에서 대다수의 여성들은 조롱의 대상에 지나지 않았지만, 이 두 수의 「영별」 곡은 격조와 정취 및 예술기법에서 비교적 뛰어난 작품이라 할 수 있다.

이 곡은 병역에 가는 남자의 입을 빌려 감정을 표출하였다. 전반부의 서두에서는 먼저 유명한 형가(荊軻)의 전고를 인용하였다. 형가는 진시황을 암살하러 진나라로 들어가기 전에 역수를 건널 때 연나라 태자 단(丹)이 그를 떠나보내면서 "바람은 소소하고 역수는 차가워라, 장사 이제 떠나면 다시 돌아오지 못하리." 라고 노래를 불렀다. 이에 역수교 동쪽에서 사람을 떠나보낸다는 구는 자연스럽게 이별의 전고를 연상시켜, 전곡에 이별의 분위기가 조성되도록 하였다.

후반부에서는 주인공 개인의 추억과 느낌을 묘사하였다. 이때 주인공은 이미 산속의 객잔에 있는 것으로 볼 수 있다. 눈을 감기만 하면 자기의 연인과 함께 사랑을 나누던 아름다운 시절이 생각나지만, 그것은 결코 현실이 아니었다. 한밤중에 홀로 이불을 감싸고 잠을 청해보지만 그리움에 마음이 심란하여 잠을 이루지 못한다. 짧은 꿈속에서나마 만날 수밖에 없었다.

제2수

꽃다운 이팔청춘에 서로 만나,
수년간 그리운 마음을,
비파에 실어 보낸다.
밀회의 깊은 정,
꿈같은 세월 속에,
봄날 거울 보고 꽃을 꺾었지.
공연히 여우같다 그토록 놀리고,
고약하게 놀려도 상대하기 어려웠어.
나에게 빠졌지만,
결국 그를 버려,
사랑을 믿지 않고,
그 사람을 잊었다네.

記相逢二八芳華, 心事年來, 付與琵琶. 密約深情, 便如夢裏, 春鏡攀花. 空恁底狐靈笑耍, 劣心腸作弄難拿. 到了偏咱, 到底虧他, 不信情雜, 忘了人那.

* 이팔방화(二八芳華): 열여섯 꽃다운 나이. 즉 이팔청춘을 뜻한다.
* 반화(攀花): 꽃을 꺾다.

이 소령은 앞의 곡과는 달리 여자의 입을 빌려 남편에 대한 그리움을 묘사하여 감정이 훨씬 세밀하고 진지하다.

먼저 첫 번째 단락에서는 인생의 가장 아름다운 청춘시기에 청춘남녀가 사랑에 눈을 뜨기 시작할 때 형성된 순진한 감정을 묘사하였다. 이러한 감정을 비파에 다시 실어보니 자연스럽게 외로움과 쓸쓸함이 비파소리를 통해 해소된다.

두 번째 단락에서는 젊은 부인이 마음의 가장 은밀한 세계를 연 것이다. 서로 사랑을 나눌 때의 감정과 서로 함께 놀때 생겨난 책망 · 분노 · 조롱 등이 모두 마음속에 떠오른다. 당연히 이 모든 것들은 두 사람만이 아는 것이다. 이러한 추억은 다시 더욱 깊은 감정 속으로 빠져들게 하여, 세 번째 단락의 의론을 위한 토대가 되었다.

세 번째 단락에서는 이별이 두 사람 모두에게 고통을 안겨주지만, 일반적으로 더 고통을 느끼는 쪽은 여자이다. 봉건예교가 여인들의 자유를 더욱 구속했기 때문에 여인들의 생활과 애정은 더욱 보장 받지 못했다. 이로 인하여 이 여인은 사랑을 믿지 않고 그 사람을 잊었다고 하였던 것이다.

여화

위태로운 육조시대를 한탄하노라.
결기궁과 임춘각은,
이미 재가 되었다네.
대성(臺城)만 남아있는데,
석양은 산에 걸려 있고,
물은 산을 휘감고 도네.
연지정과 금릉에는 잡초만 무성한데,
뒤뜰엔 쓸쓸히 옥수화만 날리누나.
제비가 춤추고 꾀꼬리 노래하네.
왕씨와 사씨 집 앞에서,
봄이 돌아오길 기다리네.

麗華

嘆南朝六代傾危, 結綺臨春, 今已成灰. 惟有臺城, 掛殘陽, 水繞山圍. 胭脂井金陵草萋, 後庭空玉樹花飛. 燕舞鶯啼, 王謝堂前, 待得春歸.

* 여화(麗華): 장여화(張麗華), 즉 남조시대 진(陳)나라의 마지막 군주 진숙보가 총애하던 비의 이름이다.
* 남조육대(南朝六代): 삼국시기의 오 · 동진, 남조의 송 · 제 · 양 · 진을 가리킨다. 그들은 모두 건강을 수도로 삼았으며,

역사상에서는 육조라 통칭한다.

* 결기각과 임춘각: 진 후주와 장여화가 거처하던 궁궐명이다.
* 대성(臺城): 육조시대 군왕이 거주하던 곳이다. 옛터는 지금의 남경시 계명산(鷄鳴山) 북쪽에 있다.
* 수요산위(水繞山圍): 여기서는 유우석의 「석두성(石頭城)」의 뜻을 운용하였다.
* 연지정(胭脂井): 욕정(辱井)이라고도 한다. 진(陳)나라 경양궁 안에 있던 경양정(景陽井) 우물이다.
* 옥수화(玉樹花): 진 후주가 지은 「옥수후정화」 곡으로 가사가 슬프면서도 아름다워 망국지음이라 하였다.
* 왕사(王謝): 왕씨와 사씨는 동진시대 최대의 권문세족이다.

이 소령은 진(陳)나라의 마지막 군주 진숙보와 총비 장여화의 이야기를 노래하여 역사의 흥망과 인생의 무상함을 기탁했다. 진숙보는 경양궁에 임춘각(臨春閣)과 결기각(結綺閣)·망선각(望仙閣)을 지어놓고 자신은 임춘각에 거처하면서 장여화를 결기각, 다른 두 공귀빈을 망선각에 거주하게 한 후 주색과 음악으로 흥청망청 유흥을 즐겼다. 수나라 군대가 건강(建康, 지금의 남경)을 함락하자 그녀는 진숙보를 따라 연지정에 숨었다가 붙잡혀 죽었다.

특히 후반부에서는 유우석의 「오의항(烏衣巷)」 시를 차용하여 화려한 궁궐도 부귀한 권문세가도 세월이 지나 모두 폐허가 되어버린 상전벽해의 감개를 느낀 유우석의 정에 자신의 감회를 실었다. 그러나 작자는 마지막 구에서 다른 작가들과는 달리 다시 봄이 오기를 기대하는 희망을 안고 있다.

소아

절간 깊숙이 미녀를 숨겨놓고,
이별의 호가곡,
일당백의 견고한 산천.
양제는 황음무도하여,
흡겨웁게,
가무를 즐기며,
경화(瓊花) 핀 봄날 호화선을 띄우고,
비단 돛 날릴 때 전란이 일어났다.
사직이 무너지고,
변수(汴水)는 동으로 흘러,
천길 큰 파도에 휩싸였네.

梵王宮深鎖嬌娥，一曲離笳，百二山河．煬帝荒淫，樂淘淘，鳳舞鸞歌．瓊花綻春生晝舸，錦帆飛兵動干戈．社稷消磨，汴水東流，千丈洪波．

* 범(梵): 진(晋)의 오자로 보인다.
* 가(笳): 호가(胡笳)로 고대 북방 유목민족의 악기이다.
* 일곡리가(一曲離笳): 소황후가 수나라가 망한 후에 정든 고향을 떠나 북쪽 변방으로 유랑하였다는 것을 암시한다.
* 백이(百二): 두 명이 백 명을 대적할 수 있다는 뜻이다.(『사

기』「고조본기」), 전국시기 진(秦)나라의 지형이 험난하여 이만 명의 병력으로 제후 병력 백만을 대적할 수 있다고 형용하였다.

* 경화(瓊花): 꽃나무의 이름으로 잎은 부드럽고 윤택이 나며 꽃은 옅은 황색을 띠고 향기롭다.
* 병동간과(兵動干戈): 수나라 말기에 일어났던 농민대봉기를 가리킨다.
* 변수(汴水): 진(晋)나라 말기 수나라 이전에 하남 형양(滎陽)의 변거(汴渠)에서 시작하여 동으로 낭탕거(狼蕩渠)와 획수(獲水)를 돌아 지금의 강소성 서주에 이르러 사수(泗水)로 흘러들어가는 운하이다.
* 사직(社稷): 토지의 신을 뜻하는 사(社)와 곡식의 신을 뜻하는 직(稷)의 합성어이다. 고대 중국의 천자나 제후 또는 우리나라의 왕이 나라를 세워 백성을 다스릴 대는 사직단(社稷壇)을 만들어 국태민안을 기원하는 제사를 지내왔다. 이로 인해 후세에는 사직을 국가의 대명사로 사용하였다.

이 소령은 수나라 양제 양광(楊廣)의 황후 소아(蕭娥)의 운명을 통하여 나라를 망친 양제의 황음무도함과 왕조흥망의 감개를 표출하고, 나아가서 후세 왕조의 거울로 삼도록 하였다.

소아는 본래 양(梁)나라 명제의 딸이었는데, 양광이 진왕(晋王)이었을 때 왕비로 간택되었다. 양광은 황제에 즉위한 후에 양제(煬帝)라 칭하고 그녀를 황후로 삼았다. 수나라가 망한 후에 소아는 군대를 따라 다니며 전전하다가 돌궐로 들어가 13

여 년간 유랑생활을 하였으며, 당나라 정관(貞觀) 4년(630)에야 비로소 경성 장안으로 돌아올 수 있었다.

이 곡의 전반부에서는 먼저 양광이 진왕궁(晋王宮)에 미인을 깊숙이 숨겨두고, 나라가 튼튼할 것이라 믿고 향락을 즐겼다는 것이다. 비록 두 명이 백 명을 대적할 수 있다고 하는 천연의 요새가 있었지만, 수 양제는 끝내 나라를 멸망으로 이끌었다. 황후 소아도 변방을 유랑하며 오직 슬픈 호가(胡笳) 소리로 고국에 대한 그리움의 정을 풀어야만 했다.

후반부에서는 나라를 망친 양제의 황음무도함을 구체적으로 폭로하였다. 그는 온종일 후궁에서 소아와 함께 가무를 즐기며 정사를 돌보지 않았다. 양주의 아름다운 꽃나무 경화를 보기 위해 비단으로 돛을 수놓고 화려한 장식을 한 큰 용선을 타고 소아와 함께 운하를 따라 남쪽 양주로 내려가 봄놀이를 즐겼다. 그의 황음무도와 호화사치는 마침내 수왕조의 멸망을 초래했다. 마지막에서 작자는 "큰 강물은 동쪽으로 흘러가고, 천고의 인물들은 물결과 함께 가버렸구나!(大江東去, 浪淘盡千古風流人物)" 라고 노래한 소동파의 <염노교>와 동일한 감개를 발출하였다.

전체적으로 보면 백묘의 수법을 사용하여 언어가 평담하고 소박하다. 내용에서 언어에 이르기까지 모두 초기 원대 산곡 작가의 예술 풍격을 표현함으로써 본색적인 특징이 잘 나타나 있다.

양귀비

양귀비는 돌연 향기로운 온탕에서 나와서,
칠반무를 춤추네,
예상우의곡에 맞춰서.
북방의 북소리 요란하고,
어양(漁陽)에선 병마가 떠들썩.
오동나무에 빗방울 떨어질 제 해당화는 시들고,
여지는 향낭에 파묻혀.
애통하여라 현종이여,
촉으로 가는 험난한 길에,
당나라 황실이 황량하구나.

楊妃

玉環乍出蘭湯, 舞按盤中, 一曲霓裳. 羯鼓聲催, 鬧垓垓的士馬漁陽. 梧桐雨彫零了海棠, 荔枝塵埋沒了香囊. 痛殺明皇, 蜀道艱辛, 唐室荒凉.

* 양비(楊妃): 양귀비(楊貴妃)를 가리킨다. 당나라 현종의 비로 이름은 양옥환(楊玉環)이며 절세의 미인으로 잘 알려져 있다.
* 난탕(蘭湯): 향기가 나는 뜨거운 온천수이다.
* 무안반중(舞按盤中): 반무(盤舞)의 아름다운 자태에 따라

춤추는 것이다. 반무(盤舞)는 바로 칠반무(七盤舞)로 한대에 시작된 것이다. 춤출 때 쟁반을 땅에 놓고 소매가 긴 무의를 입고 쟁반 주위와 쟁반 속에서 너울너울 춤추는 것이다. 전하는 바에 의하면 조비연이 이 춤을 잘 췄다고 하는데, 작자는 여기에서 또 그것을 연상시키고 있다.

* 예상(霓裳): 예상우의곡(霓裳羽衣曲)의 약칭이다. 이 단락에서는 양귀비가 현종의 총애를 받은 것과 현종의 황음함을 말하였다.
* 갈고(羯鼓): 당대 유행하였던 소수민족 타악기의 하나이다. 안녹산은 본래 호족(胡族)이었기 때문에 갈고로 안녹산을 대신 지칭하였다.
* 갈고성최(羯鼓聲崔): 갈고의 북소리가 요란하다는 것은 안녹산이 반란을 일으켰다는 의미이다.
* 요해해(鬧垓垓): 아주 시끄럽고 소란스럽다는 뜻이다.

이 소령은 역사적으로 너무도 잘 알려져 있는 양귀비와 당 현종의 사랑이야기를 노래한 것이다. 그들의 슬픈 사랑이야기는 역대로 많은 문인들에 의해 시·소설·희곡 등의 예술작품으로 창작되었다. 그 중에 가장 대표적인 것으로는 당대 백거이의 시 「장한가(長恨歌)」, 진홍의 전기소설 「장한가전」, 원대 백박의 잡극 「오동우(梧桐雨)」, 청대 홍승의 희곡 「장생전(長生殿)」 등이 있다. 전하는 바에 의하면 양귀비는 마외파에서 죽지 않고 일본으로 건너가서 살았다는 이야기가 있기 때문에 그것은 심지어 일본에서도 연극무대에 오르곤 하였다. 노지의 이 소령은 주로 백거이의 「장한가」에 근거하여 쓴 것이다.

이 곡의 전반부에서는 먼저 "봄추위에 화청궁 온천물 목욕토록 허락하니, 따끈한 물은 기름 엉긴 듯 한 흰 살결을 부드럽게 씻어내네.(春寒賜浴華淸池, 溫泉水滑洗凝脂)" 라고 노래한 백거이의 「장한가」에서 그 뜻을 취하였다. 그리고 이어서 다시 "이때 어양 땅에서 울려오는 전쟁의 북소리, 하도 놀라 흥겨운 노랫가락 깨지듯 멎었구나.(漁陽鼙鼓動地來, 驚破霓裳羽衣曲)" 라는 「장한가」의 구절을 되새겼다. 당시에 현종이 양귀비의 미색에 빠져 정신을 잃고 있을 무렵 안녹산이 변방 어양에서 난을 일으켜 장안으로 진격하자 당나라의 안위는 바람 앞의 등불 같은 상황이었다.

후반부에서는 "봄바람에 복숭아 오얏 꽃 피는 밤에도, 가을비에 오동잎 지는 때도 양귀비를 생각하네.(春風桃李花開夜, 秋雨梧桐葉落時)" 라는 「장한가」의 뜻을 취하였다. 이 단락은 양귀비가 마외파에서 목매어 죽은 후 현종이 그녀를 잊지 못하고 애도하며 그리워하는 마음을 표현한 것이다. 마지막에서 작자는 종묘사직을 유지하기 어려움에 대한 개탄을 표현하였다.

백거이의 「장한가」는 후세에 경종을 울리기 위한 풍자의 의미가 있다. 즉 이후의 통치자들에게 여색에 빠져 나라를 망치는 일이 없도록 경계하였던 것이다. 이 소령도 「장한가」의 그러한 주제에서 크게 벗어나지 않았다. 이 소령의 가장 뛰어난 예술적 특징은 짧은 문장 속에 분명한 순서와 함축적이고 정확한 언어를 구사하여 고대 역사의 한 단면을 리얼리틱하게 구성하였다는 점이다.

서시

고소(姑蘇)에 백 척의 높은 누각 세워,
서시(西施)를 탐스럽게 바라보네,
살구 같은 얼굴에 복숭아 같은 볼.
달 어두운 전당강에서,
결코 제방도 없어,
월나라 병사들이 쳐들어 왔네.
오왕의 무덤은 석양의 저녁 안개,
오자서의 무덤은 늙은 나무 푸른 이끼,
범려는 어질구나!
사직의 공적이 이루어지니,
안개 낀 강물로 배타고 떠났으니.

西施

建姑蘇百尺高臺, 貪看西施, 杏臉桃腮. 月暗錢塘, 幷不隄防, 越國兵來. 吳王塚殘陽暮靄, 伍員墳老樹蒼苔. 范蠡賢哉, 社稷功成, 烟水船開.

* 서시(西施): 춘추시대 월나라 미녀로 범려의 계책에 따라 오나라 왕 부차를 유혹하여 월나라의 승리를 견인하였다.
* 고소(姑蘇): 지금의 강소성 소주(蘇州)로 춘추시대 오나라의 수도이다.

* 오왕(吳王): 오나라의 왕 부차(夫差)를 말한다. 그는 춘추시대 오나라의 마지막 군왕으로 합려(闔閭)의 아들이다. 기원전 495년부터 473년까지 재위하였는데, 기원전 494년에 부초(夫椒)의 전쟁에서 월나라를 대파하고 월왕 구천을 굴복시켰다. 그 후 다시 승승장구하여 그 위세를 이어갔으나 나중에 월나라의 미녀 서시의 미모에 현혹되어 결국 국사를 망치고 망국을 자초했다.
* 오원(伍員): 오나라의 상국 오자서(伍子胥, BC559-BC484)는 이름이 원(員), 자가 자서(子胥)이다. 원래는 초나라 사람이었는데 부친 오사(伍奢)가 초나라 평왕에게 피살되자 오나라로 도망쳤다. 그는 오나라에 와서 오왕 합려의 중신이 되어 초나라를 부강으로 이끌었다. 그 후 합려의 왕위를 계승한 부차가 오만함과 미녀 서시에 현혹되어 정사를 팽개치자 이를 여러 번 간하다가 결국은 부차의 미움을 받아 처형되었다.
* 범려(範蠡, BC536-BC448): 춘추시대 초나라 사람으로 자는 소백(少伯)이다. 춘추말기의 유명한 정치가이자 책략가·도학가였다. 그는 일찍이 월왕 구천을 보좌하여 월나라를 부강으로 이끌고, 오나라의 수도 고소성으로 쳐들어가 부차를 대파하여 와신상담의 치욕을 씻게 했다. 전하는 바에 의하면 그는 오나라를 멸망시킨 후에 모든 관직을 버리고 서시와 함께 은거하였다고 한다.

이 소령에서는 월나라의 미인 서시(西施)를 통해 춘추시기 월나라와 오나라의 긴박한 역사적 상황과 사건을 이야기를 하듯이 풀어나갔다. 서시는 왕소군 · 초선 · 양귀비와 더불어 중국의 4대 미녀의 한 여인으로 꼽히는 인물이다. 그녀는 춘추시대 월나라의 한 농촌에서 태어났으며 이름은 이광(夷光)이다. 어릴 때부터 천성이 곱고 용모가 아름다워 항상 마을 사람들의 부러움을 샀다. 그런데 당시에 월왕 구천이 회계산에서 오왕 부차에게 대패하여 신하의 맹약을 맺게 되자, 결국 월나라에서는 매년 아름다운 미녀와 금은보화를 오왕에게 바치게 되었다. 이때 월나라의 대부 범려와 문종은 서시를 비롯한 미녀들과 금은보화를 부차에게 바쳤으며, 서시는 범려가 세워둔 계책에 따라 부차를 유혹하는 데 성공한다. 이에 서시에게 마음을 완전히 빼앗겨버린 부차는 그녀를 위해 영암산에 화려한 관와궁을 짓고 온갖 보석으로 호화롭게 장식하거나, 그 앞에 인공호수를 조성하여 아름다운 화초를 심고 배를 띄워 달콤한 사랑놀음에 빠졌다. 서시는 다시 이간계로써 오왕 부차와 재상 오자서의 사이를 갈라놓고 오자서를 죽음에 이르게 하는 데 성공하였다. 오나라의 가장 강력하고 두려운 적수인 오자서가 없어지고 오왕 부차가 제후들의 패자를 결정짓는 황지의 회맹에 참가하기 위해 정예병사를 이끌고 오나라 도성을 비웠을 때, 구천은 때를 놓치지 않고 고소성으로 쳐들어가 오나라를 멸망시켰다. 그 후 서시는 범려를 따라서 오호(五湖)를 유랑하면서 유유자적한 삶을 보냈다고 한다.

이 소령에는 서시를 중심인물로 하여 일어난 월나라와 오나라의 전쟁, 오자서와 범려의 달라진 운명을 담담하게 묘사하여 왕조흥망의 무상함을 탄식하고 범려의 현명한 처세를 찬미하였다.

녹주

후당에 겹겹의 짙푸른 비단,
녹색은 연하고 홍색은 아름다워,
봄바람에 머물고,
만겁의 연분,
인생을 생각해보니,
즐거운 일은 끝내기 어렵네.
보배거울은 깨지고 향기는 하얀 얼굴에서 사라졌네.
봉루(鳳樓)의 빈 술잔 쓸쓸한 방울벌레.
금곡(金谷)은 텅 비고,
번화한 시절 지나,
낙수(洛水)는 동으로 흘러가네.

後堂深翠錦重重, 綠軟紅嬌, 留住春風, 萬劫情緣, 料想人生, 樂事難終. 寶鑑破香消玉容, 鳳樓空酒冷金鍾. 金谷成空, 過了繁華, 水流東.

* 녹주(綠珠): 서진(西晋) 무제 때 대부호 석숭(石崇)의 애첩이다. 석숭은 자기의 애첩 녹주를 달라는 권신 손유(孫秀)의 요구를 거절한 일로 그의 모함에 걸려 처자 등 일족 15인과 함께 처형되었는데, 처형되기 위해 수레에 실려 동시(東市)로 나갈 때 한탄하기를, "종놈들이 내 재산을 탐낸 것이다." 하자 압송해가던 사람이 "재산이 해를 끼치는 줄 알았

으면 어찌 일찌감치 분산시키지 않았는가!" 라고 하였다고 한다.

* 금곡(金谷): 석숭의 금곡은(金谷園)을 말한다. 서진시대 석숭의 별장으로서 유적지는 옛 낙양선 동북쪽에 있다. 석숭은 유명한 대부호로서 귀족들과 함께 별장을 짓고 이름을 금곡원이라 하였다. 금곡원 안에는 맑은 계곡물이 굽이쳐 졸졸 소리 내며 흘러갔다. 석숭은 산과 물의 형세를 잘 살펴 정원을 조성하고 건물을 지었다. 호수와 연못을 파서 만들고 주변 수십 리에 크고 작은 정각들을 세우고 화려한 보석들로 장식했다. 후에 낙양팔경 중의 하나가 되었다.

이 소령은 서진시기의 대부호로서 명성이 자자했던 석숭의 애첩 녹주에 관한 이야기를 노래한 것이다.

석숭(石崇, 249-300)은 자가 계륜(季倫)이고 아명은 제노(齊奴)이다. 발해 남피(南皮, 지금의 하북성 남피) 사람으로 대사마 석포(石苞)의 여섯 째 아들로 태어나 서진시기에 문장가 · 정치가 · 부자로서 이름을 날렸다. 일찍이 수무현령 · 성양태수 · 산기시랑 · 황문랑 등을 역임하였으며, 오나라가 멸망한 후에 안양향후에 봉해졌다. 그 후 중랑장 · 형주자사 · 남만교위 · 응양장군 등을 역임하면서 부를 축적하였다.

당시 서진에는 혜제의 황후인 가후(賈后)가 전권을 휘둘러 가씨(賈氏) 일족의 권세가 대단했는데, 석숭은 가후의 조카이자 당시의 최고 실력자였던 가밀(賈謐, 277-300)과 친하게 지냈다. 그는 시와 문장에 능하여 문인으로서 명성이 높았으며,

낙양성 북쪽 이십 리 밖에 금곡원(金谷園)이라는 별장을 짓고 유명 인사들을 초대하여 유유자적하는 생활을 했다.

이때 녹주는 석숭의 애첩으로 들어갔다. 그녀는 음악과 가무에 능했을 뿐만 아니라 미모도 빼어났다. 석숭은 그녀를 위해 백장(百丈) 높이의 화려한 누각을 지어주고 녹주루(綠珠樓)라고 하였다. 이때 조왕(趙王) 사마륜(司馬倫)의 측근인 손수(孫秀)가 녹주를 탐내고 달라고 했으나 석숭은 단호히 거절했다. 나중에 사마륜이 가씨집안 세력을 제거하고 전권을 장악하자, 석숭이 그를 제거하려 했으나 실패로 끝나 석숭은 반악 등과 함께 참수되고, 녹주는 누각에서 투신하여 자살했다 한다.

소경

저녁 구름이 야사(野寺)와 산성을 가리는데,
나루터에 바람이 불어와,
일엽편주 가볍게 떠가네.
잠자던 기러기 놀라서 날아가고,
스산한 날씨에,
차가운 물가에 시든 갈대.
오강(吳江)의 넓고 맑은 만경창파,
초나라 하늘에 떠 있는 한밤중의 밝은 달.
소무(蘇武)는 술통 기울여,
한 수의 신시를 짓고,
영원토록 이별의 정을 노래하네.

小卿

暮雲遮野寺山城, 渡口風來, 一葉帆輕. 宿雁驚飛, 冷冷淸淸, 敗葦寒汀. 吳江闊澄波萬頃, 楚天遙明月三更. 金斗蘇卿, 一首新詩, 萬古離情.

* 소경(蘇卿): 한나라 때 흉노에 사신 갔다가 흉노에 억류되었던 소무(蘇武)를 가리킨다. 고대시가에서 소무는 흔히 충절의 상징으로 많이 인용된다.
* 일엽범(一葉帆): 조그만 돛단배. 즉 일엽편주.

* 금두(金斗): 술을 담는 용기로 황금색 큰 술통을 가리킨다.

이 소령은 전반부에서는 소무가 흉노에 억류되어 황량한 이국땅에서 쓸쓸한 나날을 보내는 모습을 노래하였고, 후반부에서는 다시 멀리 중원의 고향을 떠올리며 한잔 술과 시에 그리움을 잊고자 하는 마음을 묘사하였다.

소무(蘇武, BC140-BC60)는 자가 자경(子卿)이고 두릉(杜陵, 지금의 섬서성 서안) 사람이며 대군태수 소건(蘇建)의 아들이다. 무제 천한(天漢) 원년(BC100)에 중랑장으로서 흉노에 사절로 갔다가 억류되어 돌아오지 못했다. 흉노의 귀족들은 여러 차례 그를 투항토록 회유하였으나 끝까지 듣지 않자 그를 멀리 북해(北海)로 추방하였다.

무제 후원(後元) 2년(BC87)에 소제가 즉위하고 몇 년 지나 흉노는 한나라와 다시 화의를 맺었다. 한나라 조정에서는 소무를 찾았으나 흉노는 그가 이미 죽었다고 거짓말했다. 그 후 한나라 사신이 다시 흉노에 갔을 때 그가 북해에 살아있다는 소식을 듣게 되어 선우에게 일찍이 한나라 황제가 상림원에 사냥갔다가 활로 기러기 한 마리를 쏘았는데 기러기발에 그를 구해달라는 편지가 매여 있었노라고 전했다. 이에 흉노의 선우는 어쩔 수 없이 소무를 석방했다.

소제 시원(始元) 6년(BC81) 봄에 소무는 장난으로 돌아왔다. 소제는 소무에게 무제의 능원에 가서 제사를 올리도록 명령한 다음 전속국(典屬国)에 제수하고 많은 녹봉과 재물을 내렸다. 소무는 사신으로 떠날 당시 40여 세였으나 고국으로 돌아왔을 때는 이미 60세가 넘어 있었다. 아내는 일찌감치 재혼했고 식구들도 뿔뿔이 흩어진 뒤였다.

무산의 신녀

무산(巫山) 신녀의 풍류를 생각하며,
양왕을 잊지 못해,
병도 많고 수심도 많네.
꿈에서 깬 양대(陽臺),
조용하고 쓸쓸한,
주옥같이 아름다운 누각.
저녁비 내리는 등불 어둑한 푸른 창에서 만나,
아침 구름을 바라보며 주렴을 말아 올리네.
이별의 한은 아득한데,
옛 약속 새로운 맹세,
지난 일에 보답하기 어려워라.

巫娥

想巫山仙子風流, 不念襄王, 多病多愁. 夢斷陽臺, 冷冷淸淸, 玉殿珠樓. 會暮雨燈昏綠牖, 望朝雲簾捲金鉤. 離恨悠悠, 舊約新盟, 往事難酬.

* 무아(巫娥): 무산(巫山)의 신녀. 송옥의 「고당부서」에 나오는 말이다.
* 무산(巫山): 지금의 사천성 무산현(巫山縣) 동남쪽에 있다. 장강이 이곳을 흘러 지나가면서 유명한 장강삼협의 하나인

무협(巫峽)을 형성하고 있다. 여기에 12개의 봉우리가 있는데, 그 중에서 신녀봉이 가장 아름답다. 그 신녀봉 아래에 신녀의 사당이 있으니 이것이 바로 무산묘(巫山廟)이다.

* 양대(陽臺): 송옥의 「고당부서」에서 나온 말로 해가 잘 비치는 누대라는 뜻이다. 나중에는 은밀히 나누는 사랑을 뜻하는 말로 파생되어 사용되기도 하였다.

이 소령은 송옥의 「고당부서」에 나오는 초나라 양왕(襄王)과 무산신녀에 관한 사랑이야기를 노래한 것이다. 송옥은 전국시대 초나라 사람으로 자는 자연(子淵)이다. 경양왕 때 대부를 지냈으며 시문과 부에 능하였다. 특히 굴원을 애도한 「구변(九辯)」과 무산신녀의 사랑을 노래한 「고당부(高唐賦)」는 지금까지 인구에 회자되는 작품이다. 「고당부서」에 실린 무산의 신녀에 관한 이야기를 요약하면 다음과 같다.

초나라 양왕이 일찍이 고당에서 놀다가 낮잠을 자는데 꿈에 한 여인이 찾아와서 "저는 무산의 여자로서 고당의 나그네가 되었는데, 임금님께서 여기 계시다는 소문을 듣고 왔으니, 원컨대 침석을 같이 해 주십시오." 라고 하였다. 이에 양왕은 그녀와 하룻밤을 같이 잤다. 이튿날 아침에 그 여인이 떠나면서 하는 말이 "저는 무산의 양지쪽 높은 언덕에 사는데, 매일 아침이면 구름이 되고, 저녁에는 비가 됩니다." 라고 하였는데, 과연 그 말과 같으므로 사당을 지어 이름을 조운(朝雲)이라 하였다고 한다. 여기에서 남녀 간의 사랑을 뜻하는 말로 운우(雲雨)의 정이란 말이 유래하였다.

비파 타는 여인

물안개 자욱한 모래강변 밝은 달,
솔솔 부는 가을바람,
목 메이는 호가소리.
선창에 기대어 수심에 잠긴다.
강 하늘에 흔들리네.
양 기슭 갈대꽃.
오리는 노을 진 청산위로 날아가며,
비단물결 모래강변 원앙새 깃든다.
비파노래 한 곡에,
푸른 적삼 눈물 젖어,
한이 하늘가에 가득하구나.

商女

水籠烟明月籠沙，淅瀝秋風，哽咽嗚笳．悶倚篷窗，擺動江天，兩岸蘆花．飛鶩鳥青山落霞，宿鴛鴦錦浪淘沙．一曲琵琶，泪濕青衫，恨滿天涯．

* 상녀(商女): 원래는 노래를 생업으로 하는 가기(歌妓)를 말하는데, 여기서는 백거이의 「비파행」에 나오는 비파 타는 여인이다.
* 청삼(青衫): 원래 푸른 적삼이라는 뜻이지만 여기서는 「비

파행」에 나오는 백거이를 가리킨다. 백거이는 어려운 백성들의 편에 서서 곤궁에 처해있던 당시의 사회상을 비판하고 조정의 부정부패를 폭로하는 풍유시를 많이 썼다. 그러나 이로 인한 구관료들의 반발을 견디지 못하고 무원형(武元衡) 사건으로 간관(諫官) 보다 먼저 상소했다는 것 등을 이유로 강주사마로 좌천되었다. 그는 「비파행」 마지막 구에서, "그 중에서 누가 가장 눈물을 흘리는가? 강주사마의 푸른 옷이 젖어있구나!(座中泣下誰最多, 江州司馬青衫濕!)" 라고 하였다. 여기에서 청삼(青衫)은 백거이를, 청삼루(青衫淚)는 백거이가 흘린 눈물을 뜻하게 되었다.

이 소령은 당대 시인 백거이의 「비파행(琵琶行)」에 나오는 비파여인의 이야기를 노래한 것이다. 「비파행」은 당대 시인 백거이가 지은 장편 악부의 하나로 원화 11년(816)에 지은 것이다. 이 시는 비파 타는 여인의 뛰어난 기예와 그녀의 불행한 운명을 서술하여 당시의 부패한 관료사회를 폭로하고 시인의 가슴에 가득한 울분과 한을 표출한 것이다.

이 소령에서 노지는 이야기의 중심을 「비파행」을 근거로 전개하고 있으면서도, 자신의 새로운 느낌과 세련된 필치로 비파 타는 여인과 좌천당한 백거이의 운명과 비분의 심정을 자세하게 표현하였다.

작자는 전반부에서 먼저 차가운 안개에 밝은 달, 솔솔 부는 가을바람, 슬픈 호가소리, 흔들리는 갈대꽃, 석양에 날아가는 오리를 묘사하였는데, 모두 강 위에서 떠도는 비파여인의 불행한 처지를 둘러싸고 묘사하였다. 작자는 여기에서 비파여인에 대해 더 많은 형상으로 나타내지 않고, 단지 선창에 기대어 수심에 잠긴다는 구절만으로 떠도는 신세로 전락한 그녀의 애통한 심경을 표현하였다. "비단물결 모래강변 원앙새 깃든다(宿鴛鴦錦浪淘沙)"는 구에는 대조적인 필법으로 외로이 홀로 자는 비파여인의 처량한 생활이 함축되어 있다.

후반부에서는 비파여인의 불행한 운명과 세상에서 뜻을 잃은 사람들을 결부시켜 양자의 비슷한 운명과 처지를 동정하였다. 마지막의 "한이 하늘가에 가득하다(恨滿天涯)"는 구는 가장 침통하면서도 감동적이다. 여기에는 「비파행」에 보이는 비파여인의 비분한 심정이 드러나 있을 뿐만 아니라, 오랫동안 봉건 신분사회의 속박을 받으며 살아온 비파여인의 슬픈 한도 함께 내재되어 있다. 작자는 비파여인의 비극적인 운명에 대한 무한한 동정을 보냄으로써 모두가 하늘가에서 떠도는 사람이라는 쓸쓸한 의미를 한층 승화시켰다.

낙양 회고

두견새 소리가 남가일몽을 깨워,
흘러간 번화한 세월을 한탄하네,
낙수(洛水)의 차가운 파도.
금곡(金谷)의 나부끼는 꽃,
천진(天津)의 늙은 나무,
몇 번이나 시달렸던가!
사마씨에게 물어볼까,
어째서 동타거리가 가시밭길이 되었는지?
늙은이는 흔들흔들,
행와(行窩)는 그대로 있으니,
취하지 않고 어찌하리!

杜鵑聲啼破南柯，恨流盡繁華，洛水寒波．金谷花飛，天津老樹，幾被消磨．向司馬家兒問他，怎直敎荊棘銅駝．老子婆娑，放着行窩，不醉如何．

* 남가(南柯): 남가일몽(南柯一夢). 일장춘몽과 같은 말이다. 앞의 주해 참고.
* 금곡(金谷): 서진의 대부호 석숭(石崇)이 만든 금곡은(金谷園). 앞의 주해 참고.
* 사마가아(司馬家兒): 사마씨 집안사람들이란 뜻이다. 위(魏)

나라의 책략가 사마의의 손자이자 위나라 권신 사마소의 첫째 아들인 사마염(司馬炎)은 265년에 아버지의 작위인 진왕(晋王)을 세습한 다음 위나라 원제(元帝) 조환을 핍박하여 나라를 선양받아 서진 왕조를 세우고 도읍을 낙양에 정하였다. 이때부터 서진왕조는 사마씨의 천하가 되었다.

* 동타(銅駝): 낙양의 거리 이름으로, 구리로 만든 낙타가 그곳에 있었다고 한다.
* 행와(行窩): 송나라 사람들이 소옹(邵雍, 1011-1077)을 접대하기 위해 그가 거처하던 안락와(安樂窩)와 비슷한 집을 지어놓고 행와라고 했다. 후에는 편안하게 쉴 수 있는 조그만 집을 가리키는 말로도 사용되었다.

이 소령에서는 십삼 왕조의 도성을 지낸 낙양의 흥망성쇠를 빌려 상전벽해의 감개를 표출하였다. 작자가 활동했을 때는 정치의 중심이 원나라의 수도 북경이었고, 경제의 중심은 남송의 수도였던 항주였기 때문에 이미 낙양은 과거의 화려한 명성을 잃고 있었다. 이에 작자는 이미 초라해진 낙양성의 황량한 모습을 보고 무한한 감개를 일으켰다.

낙양은 하남성 서부, 황하의 중하류에 위치하고 있으며 낙수(洛水)의 북쪽에 있다고 해서 붙여진 이름이다. 오천여년의 역사를 가진 낙양은 천오백여년 간 열 세 왕조의 도성이었다. 즉 하 · 상 · 주 · 동한 · 조위(曹魏) · 서진 · 북위 · 수 · 당 · 무주(武周) · 후량(後粱) · 후당(後唐) · 후진(後晋) 등의 도읍지로서 낙양은 오천여년 간 무수한 흥망과 성쇠를 변화를 겪었다. 이 소령에서는 이러한 역사의 변천과정을 직접적으로 하나하나 언급하지는 않았지만 첫 구에서 두견새의 슬픈 소리가 남가일몽을 깨웠다는 것으로써 그 내막을 짐작할 수 있게 하였다. 낙양의 화려함을 상징하는 금곡원과 동타거리는 이미 폐허가 되었고 작자는 북송의 유명한 사상가 소옹을 떠올리며 한 잔의 술로써 만고의 회포를 풀고자 했다.

소옹은 자가 요부(堯夫), 호는 안락선생(安樂先生) 또는 이천옹(伊川翁), 시호가 강절(康節)이다. 그가 처음 낙양에 왔을 때 비바람도 가리지 못할 정도의 누추한 집에 살면서도 그곳을 안락와라 이름 짓고는 가끔씩 자그마한 수레를 타고 외출하여 즐기곤 하였는데, 사람들이 그를 서로 접대하려고 안락와와 비슷한 집을 지어 놓고는 행와(行窩)라고 불렀다고 한다.

과거의 화려했던 궁궐과 거리는 모두 폐허가 되었지만 행와는 원래부터 초라한 모습 그대로 있다. 여기에서 작자는 역사의 이치와 삶의 철학을 깊이 깨닫고 사람들에게 그것을 깨우쳐 주려고 하고 있음을 알 수 있다.

이문 회고

추양과 매승을 생각하니 천고의 재주로 뛰어나고,
문장에 통달하여,
기세가 서경(西京)을 눌렀네.
변수(汴水)의 안개 낀 물결,
운하 제방가의 시든 버들,
구부러진 채 함께 봄을 다투네.
마침 음악소리로 태평하게 지낼 때,
자고의 울음이 청성(靑城)을 놀라게 하였네.
강산은 울긋불긋,
영고성쇠를 바라보며,
세속의 마음을 다스리네.

夷門懷古

想鄒枚千古才名，覺苑文辭，氣壓西京．汴水煙波，隋隄困柳，枉共春爭．恰鼓板聲中太平，鷓鴣啼驚破靑城．河岳丹靑，臨眺枯榮，陶冶襟塵．

* 이문(夷門): 전국시대 위(魏)나라의 도성인 대량(大梁, 지금의 하남성 개봉)의 동문으로 유적지는 하남성 개봉 동북쪽 이산(夷山)에 있다.
* 추매(鄒枚): 전한시대 문장가로서 양왕(梁王)의 빈객이 되

었던 추양(鄒陽, BC206-BC129)과 매승(枚乘, ?-BC140)을 함께 가리키는 말이다.

* 수제(隋隄): 수양제가 쌓은 운하의 제방.
* 서경(西京): 서한의 도성 장안(長安).
* 변수(汴水): 하남성 형양의 변거(汴渠)에서 시작하여 동으로 낭탕거와 획수를 돌아 지금의 강소성 서주에 이르러 사수로 흘러들어가는 운하이다. 앞의 주해 참고.
* 금진(襟塵): 세속의 흉금.

이 소령은 전국시대 위(魏)나라 도성의 동문인 이문(夷門)에서 역사적 감회를 노래한 곡이다. 작자는 이 곡에서 먼저 전한시대에 그 지역으로 피신하여 문장으로 명성을 날린 추양과 매승의 이야기로 서두를 열었다.

추양은 전한시대 사람으로 문장과 변론으로 명성을 얻었다. 경제 때 오왕 유비(劉濞) 문하에서 활동하면서, 오왕에게 한나라에 모반하지 말 것을 상소했지만 받아들여지지 않았다. 나중에 양(梁) 효왕(孝王)에게 투항해 문객이 되었다가 양승(羊勝) 등의 참소로 투옥되었는데, 간곡한 상소문을 올려 석방되었다.

매승은 전한시대에 사부(辭賦)와 문장으로 명성을 얻었다. 추양과 같이 경제 때 낭중으로 오왕 유비(劉濞)를 섬기고 있던 중 왕의 반란 계획을 알고 간했지만 받아들여지지 않자 양(梁) 효왕에게로 피했다. 오초칠국의 난 때 다시 편지를 유비에게 보내 병사를 거둘 것을 권한 일로 이름이 크게 알려졌다.

그리고는 다시 수나라 양제 시대로 내려가서 개봉 지역을 지나는 운하와 주변의 풍경을 노래했다. 봄은 만물이 싹트는 희망의 상징인데 제방가의 버드나무는 시들어 구부린 채로 봄을 다투고 있다. 작자의 눈에 보인 봄 풍경은 이민족의 말발굽 아래 놓인 조국 강산이 결코 활기차게 보이지 않았던 것을 알 수 있다. 그러나 그 가운데서도 봄을 기다리는 모습에서 미래의 희망을 기탁하고 있으며, 그러한 역사의 흥망성쇠를 상기하면서 작자는 다시 한 번 복잡한 마음을 다스리고 있다.

함양 회고

함곡관과 황하를 대하니 고금이 아득하네.
여산에서 한번 웃고,
아방궁이 단번에 타버렸네.
서적이 소실되고,
풍운의 세월에,
수당(隋唐)을 꿈꿨네.
빨리 왕가의 별천지를 찾아서,
종남산에서 출세의 지름길을 만나 쉬네.
초가집에 소나무 그림자가 비치는 창,
그런대로 느긋하게 지낼 수 있으니,
너무 좋아서 서성거리네.

咸陽懷古

對關河今古蒼茫，甚一笑驪山，一炬阿房．竹帛烟消，風雲日月，夢寐隋唐．快尋趁王家醉鄉，見終南捷徑休忙．茅宇松窗，儘可棲遲，大好徜徉．

* 관하(關河): 함곡관과 황하를 가리킨다. 함곡관은 하남성 북서부의 교통 요충지로 고관과 신관이 있는데 고관은 영보현 동쪽에 있고 그 서쪽을 관중이라 한다. 신관은 고관에서 150㎞에 떨어진 곳에 위치하며, 장안과 낙양을 연결하는 요

충지이어서 옛날부터 공방전이 자주 벌어졌던 곳이다.

* 여산(驪山): 섬서성 서안시 임동구 남쪽에 있으며 진령산맥의 지맥이다. 해발 1302m이며 동쪽에서 서쪽으로 뻗어있다. 산세가 험준하고 수목이 울창하며 멀리서 보면 검정색 준마 같다고 해서 붙여진 이름이다.
* 종남첩경(終南捷徑): 세상에 뜻이 없는 체하고 종남산에 들어가 은거하면 세상 사람이 경모하여 허명을 얻으므로 벼슬하기에 가장 지름길이라는 뜻이다.

이 소령은 유구한 역사고도 함양의 흥망성쇠를 노래한 것이다. 기원전 1066년에 주나라 무왕이 은나라의 마지막 임금 주왕(紂王)을 멸하고 주나라를 건국한 뒤 도읍을 호경(鎬京)에 정하였다. 호경은 지금의 섬서성 장안현 남서부에 있으며 서주의 무왕이 도읍하여 낙양으로 천도할 때까지의 왕도였다.

진시황은 기원전 221년에 전국을 통일한 후에 함양을 도읍으로 정했는데 그 범위는 서주시대의 호경을 포함하는 지역이었다. 진나라가 멸망하고 항우와 유방이 천하를 두고 패권을 다투었을 때 항우는 함양을 점령하고 아방궁을 불태워버렸다. 그 후 유방은 한나라를 건국하고 폐허가 된 함양을 다시 복구하였다. 함양은 서한의 도읍 장안에서 불과 십여 리밖에 떨어져 있지 않다. 함양의 북쪽에 서한시대 황실의 능원이 있다. 서한의 황제 11명 중에 9명이 함양의 북쪽 언덕에 묻혔다. 고조 장릉, 혜재 안릉, 문제 패릉, 경제 양릉, 무제 무릉, 소제 평릉, 선제 두릉, 원제 위릉, 성제 연릉, 애제 의릉, 평제 강릉이 그것이다.

이 소령에서 작자는 처음에 치열한 역사 쟁탈의 현장인 함곡관과 황하를 바라보며 무한한 회상에 젖어들었다. 그리고 곧 일소여산(一笑驪山)이라 하여 유명한 포사의 천금매소(千金買笑) 고사의 의미를 담았다.

서주의 마지막 임금 유왕(幽王)은 포사의 미모에 빠져 왕후 신씨와 태자 의구(宜臼)를 폐한 다음 포사를 왕후 세웠다. 그런데도 포사가 좀처럼 웃는 일이 없다 유왕은 그녀의 웃음을 보기 위해 마치 적이 쳐들어온 것처럼 꾸미기 위해 여산에 올라가 봉화를 올려 제후들을 달려오게 했다. 이 모습을 보고 포사가 좋아하며 웃음을 띠게 되자 유왕은 이를 여러 번 반복하게 되었는데 결국은 북방의 견융족이 진짜로 공격해왔을 때는 아무리 봉화를 올려도 달려와서 구해주는 제후가 없어 서진은 망하고 유왕은 죽임을 당했다.

그리고는 다시 세월이 흘러 초한전에서 항우가 아방궁에 불을 질러 함양은 또 한 번 초토화 되는 비운을 겪게 되고 이후 당나라 때는 종남산에 은거하여 때를 기다리는 은자들이 늘어나게 되었다. 이 소령에는 이러한 함양의 역사적 변천과 흥망의 역사가 함축되어 있다.

업하 회고

갑옷 입고 마구간에 엎드린 슬픈 울음 비웃으며,
(조조는) 비로소 삼국정립 이룩했지만,
동작대에 봄이 깊어갈 때,
부드러운 가무도 사라졌다.
근심없는 천자로 꿈은 깨지고,
명월(곡률광)도 서쪽으로 사라졌다.
한기(韓琦)의 집안만 비단옷을 입고 다녀,
죽어서도 지금까지 가문이 빛났는데,
낙엽 진 교목 수풀,
서풍이 얼마나 지났더냐?
감개 속에 업성(鄴城)에 오른다.

鄴下懷古

笑征衣伏櫪悲吟, 才鼎足功成, 銅爵春深. 軟動歌殘, 無愁夢斷, 明月西沉, 算只有韓家晝錦, 對家山輝映來今, 喬木空林, 幾度西風, 感慨登臨.

* 업하(業下): 업성(鄴城)이라고도 하며 유적지는 지금의 하남성 안양시에 있다. 한나라 헌제 건안 때 조조가 업성에 도읍을 정하였다.
* 동작(銅爵): 동작대(銅爵臺)이다. 동한 헌제 건안 15년에

조조가 건축하였으며, 옛 건물은 지금의 하남성 임장현 서남쪽 업성(鄴城) 서북쪽에 있다.

* 한가주금(韓家晝錦): 송나라 한기(韓琦)는 자가 치규(稚圭)이고 상주(相州, 옛 업성) 사람이다. 인종 5년(1027)에 진사에 합격하여 우사간 · 추밀직학사 · 섬서사로 등을 역임했다. 서하의 침입을 격퇴하여 변경 방비에도 역량을 과시함으로써 30살에 문무에 걸쳐 명성을 떨쳐 추밀부사(樞密副使)가 되었다. 영종 때는 우복야와 위국공(魏國公)에 봉해졌고, 신종 때는 사공겸시중(司空兼侍中)이 되었다.

이 소령은 삼국시대와 북제의 도읍이었던 업성에 올라 느낀 감회를 노래한 것이다.

전반부에서는 먼저 조조에 관한 고사를 차용하였다. 조조는 뜻을 이루지 못했을 때, 장차 죽은 후에 묘비에 한정서장군조후묘(漢征西將軍曹侯墓)라고 새겨지길 바라지만 그것은 소망일 뿐이라고 말한 적이 있다. 작자는 업성에서 회고하면서 웅대한 지략을 가진 조조는 이미 죽어 없어졌고 동작대의 가벼운 가무도 이미 연기처럼 사라졌다고 탄식하였다.

이어서 북제의 마지막 군주 고위(高緯)의 이야기를 가져왔으니 근심없는 천자는 바로 고위를 가리킨다. 몽단(夢斷)은 꿈이 깨져버렸다는 뜻으로 북제가 패망하고 건덕(建德) 7년에 후주 등 수십 명이 모함으로 피살된 사건을 가리킨다. 북제의 수도가 업성이었기 때문에 후주 고위의 망국상신(亡國喪身)의 전고를 사용하였다.

후반부에서는 북제의 대장 곡율광(斛律光)의 이야기를 빌려 업성의 흥망성쇠를 묘사하였다. 곡율광은 자가 명월(明月)이다. 그는 북주(北周)의 이간계와 간신들의 모함으로 피살되었으며, 그가 죽은 후 북제에는 대장이 없게 되었다. 주나라 무제는 그가 죽었다는 소식을 듣고 대단히 기뻐하며 전국적으로 대사면을 내렸다. 명월서침(明月西沉)은 바로 곡률광이 피살된 것을 가리킨다.

영천 회고

한단(邯鄲)의 사두기 어려운 진기한 물건을 비웃노라.
유악(帷幄)에서 공이 이루어진 것 같지만,
물러난 사람은 누구였던가!
영수(潁水)는 동쪽으로 흘러가고,
숭산(嵩山)은 서쪽으로 내려가며,
멀리 바라보며 머뭇거리네.
삼천(三川)이 흐르는 고도에서의 벼슬살이를 기억하니,
용문(龍門)의 풍물이 어떠할지라도.
나는 나의 오두막을 좋아하여,
아름다운 산천으로 가서,
나무꾼과 어부가 되고자 하네.

潁川懷古

笑邯鄲奇貨難居, 似帷幄功成, 身退誰歟. 潁水東流, 嵩丘西去, 臨眺躊躇. 記遊宦三川故都, 儘龍門風物何如, 吾愛吾廬, 欲倩林泉, 納下樵漁.

* 영천(潁川): 진(秦)나라 때는 군(郡), 한나라 때는 양적(陽翟), 금나라 때는 영천주(潁順州), 지금의 하남성 우주(禹州)이다. 조조와 사마휘 · 서서(徐庶) · 진식(陳寔)의 탄생지이기도 하다.

* 한단(邯鄲): 전국시대 조(趙) 나라 서울로 하북성 남부에 있다. 앞의 주해 참고.
* 기화난거(奇貨難居): 진기한 물건은 사 두기가 어렵다는 뜻이다. 원래 기화가거(奇貨可居)라는 말이 있는데, 이는 진기한 물건은 사 둘만한 가치가 있다는 뜻으로, 훗날 큰 이익으로 돌아올 물건이나 사람한테 투자를 해 두는 것을 말한다. 오늘날에는 물실호기(勿失好機)라는 뜻으로도 사용된다.
* 영수(潁水): 지금의 영하(潁河)를 말한다. 하남성 등봉시 숭산에서 발원하여 동남쪽으로 흘러 안휘성 영상현 동남쪽을 지나 회하(淮河)로 유입된다.
* 숭구(嵩丘): 숭산(崇山)을 말한다. 하남성 등봉시 서북면에 위치하며 북악 항산, 서악 화산, 동악 태산, 남악 형산과 더불어 오악의 하나로 중악(中岳)이라 불린다. 소림무술로 유명한 소림사가 숭산의 소실산 경내에 있다.

이 소령에서는 조조 · 사마휘 · 서서 · 진식 등의 고장인 영천에서 느낀 감회를 서술하였다. 먼저 서두에서는 기화가거(奇貨可居) 고사로서 이야기를 전개하였다.

『사기』「여불위전(呂不韋傳)」에 의하면, 여불위는 한(韓)나라의 큰 장사꾼으로 각국을 돌아다니며 많은 재산을 모았다. 진소왕(秦昭王)의 태자 안국군(安國君)에게는 20명의 아들이 있었으나 안국군이 가장 사랑하는 화양부인에게는 아들이 없었다. 한편 안국군의 사랑을 받지 못하는 하희(夏姬)에게는 자초(子楚)라는 아들이 있었는데, 그는 조(趙)나라에 인질로 가 있으면서 심한 학대를 받고 있던 중 어느 날 장사 차 그곳에 왔던 여불위가 자초의 정체를 알고, "진기한 보물이라 가질 만하구나(此奇貨可居)" 라고 하였다. 여불위는 그를 도와주고 위로하여 뒷날을 굳게 약속한 다음, 그를 화양부인의 양자로 삼게 하였다. 여불위는 자초에게 무희를 주었으며, 훗날 장양왕(莊襄王)이 된 자초에 의하여 승상이 되었고 많은 권세를 누렸다는 것이다. 그리고 무희의 아들은 진시황이 되었다.

여기에서 작자는 그러한 계책도 세월이 지나간 지금 아무 소용없게 되었으니 그저 비웃을 뿐이라고 포문을 열었다. 그리고는 숭산과 용문의 지형을 언급하면서 그동안 권세와 명예를 얻기 위해 쟁탈한 수많은 영웅호걸들과 역사인물들의 숨결이 삼천으로 흘러감을 느끼고 한없는 탄식에 잠긴다. 그리고는 제일 마지막에서 그 모든 공명과 이욕을 버리고 조용한 산천을 찾자 은거하며 편안한 은자의 삶을 살고자 하는 여망을 반영하였다.

여남 회고

장수가 회곡(洄曲)에서 세운 공훈을 생각하니,
눈 덮인 아압지(鵝鴨池),
나귀 탄 병사들을 놀라게 했네.
누가 시끄러운 소리에 빠져,
까닭 없는 세상일에,
얼마나 전란이 많았던가.
나그네 여강의 언덕을 지나가며,
요해(遼海)에서 날아오는 근심에 찬 구름을 바라보네.
세월은 빨리 흘러 서산에 황혼이 지고,
조용한 집에 기대어,
노래를 부르며 난생주를 마시노라.

汝南懷古

記元戎洄曲奇勳, 被雪鵝池, 驚倒騾軍. 誰雜聲沉, 無端世故, 幾度兵塵. 有客子經過汝墳, 望飛來遼海愁雲. 奄冉西昏, 倚遍幽軒, 吟斷蘭生.

* 여분(汝墳): 여강의 언덕
* 여남(汝南): 여녕(汝寧). 『원사』「지리지」에 의하면 여녕부는 당의 채주(蔡州)로 지금의 하남성에 있다.
* 회곡(洄曲): 사하(沙河)와 풍하(灃河)가 만나는 곳에 있다.

은수(溵水)가 여기에서 굽어 돌기 때문에 붙여진 이름이다.
* 원융(元戎): 군사의 우두머리.
* 아지(鵝池) : 아압지(鵝鴨池). 당나라 때에 오원제가 회서에서 난을 일으켰을 때 이소가 여기에서 오원제를 진압하였다.

이 소령에서는 당나라 원화 원화 10년(815)에 일어난 회서절도사 오원제(吳元濟)가 반란을 일으킨 여남을 지나가면서 감개를 일으켜 노래한 것이다. 여남은 여녕으로 당나라 때는 채주(蔡州)였다.

반란을 일으킨 오원제는 무양·엽현을 공격하고 노산·양성·양적을 점령하였다. 헌종은 반란을 진압하기 위해 군대를 동원하였지만, 당시에 하북 번진들 중에 성덕의 왕승종, 치청의 이사도가 모두 오원제와 몰래 결탁을 하여 토벌에 나서지 않았다. 이에 조정에서는 배도(裴度)를 재상으로 삼고 반란을 진압하게 하였다. 원화 12년에 배도의 부장 이소(李愬)가 눈 내리는 밤에 채주를 습격하여 오원제를 사로잡고 공훈을 세웠다. 이 날 눈이 많이 내리는 밤에 채성을 공격하면서 이소는 성 둘레가 못으로 되어있고 거위와 오리가 많이 있는 것을 보고 오리 떼를 놀라게 해서 그 시끄러운 소리를 이용해 성을 함락시켰다고 한다.

이러한 역사적 사건들로 얼룩져 있는 여강의 언덕을 걸어가면서 작자는 무한한 감상에 젖어들고, 해도 뉘엿뉘엿 서산으로 지려고 할 때 문득 조용한 안식처를 찾아 술에 인생의 허망함과 시름을 달래고자 한다.

광릉 회고

평산(平山)을 마주하며 힘들게 무성부(蕪城賦)를 지었지,
가냘픈 두구(荳蔻)의 가지를 보고 미소지으며,
이렇게 시가를 읊조리고 다니며 살았노라.
기풍 있는 문장 재능,
청루의 한바탕 꿈,
두목(杜牧)의 삼생이네.
누가 다리가의 밝은 달을 보는가?
누가 꽃 속에서 날리는 옥을 붙잡는가?
태평한지 물어보고자 하니,
우승유와 이종민은 손님 같은 벗,
끊어진 강도(江都)의 명성을 생각하노라.

廣陵懷古

對平山懶賦蕪城, 笑荳蔻枝頭, 惹住歌行. 風調才情, 青樓一夢, 杜牧三生. 更誰看橋邊月明, 是誰留花裏飛瓊. 欲問承平, 牛李賓朋, 懷斷江聲.

* 광릉(廣陵): 지금의 강소성 양주(揚州)이다.
* 무성(蕪城): 지금의 강소성 양주이다. 수나라 때는 강도(江都)였으며, 옛 이름은 광릉이다. 포조(鮑照)의 「무성부(蕪城賦)」이래로 무성은 강도의 별칭이 되었다. 수나라 대업(大

業) 원년(605)에 백성 10만을 징발하여 한수(邗水)에 운하를 뚫어 장강과 통하게 하였다. 장안으로부터 강도에 이르기까지 이궁(離宮) 40여개소를 두었다.

* 두구(荳蔻): 다년생초에 속하는 식물인데, 초여름에 꽃을 피우며 열매는 향기가 있고 약용으로도 쓸 수 있다. 두구꽃이 활짝 피기 전의 불룩한 상태를 함태화(含胎花)라고 하기 때문에 나이 어린 아가씨가 임신한 데에 비유한 말이다.

* 우이(牛李): 당나라 말기의 우승유(牛僧孺)와 이종민(李宗閔)을 가리킨다. 또는 이 두 사람이 두 당파로 갈리어 정권을 다툰 일로 당쟁을 이르기도 한다. 우승유와 이길보(李吉甫)·이덕유(李德裕) 부자를 이르기도 한다.

이 소령은 옛날에 광릉·무성으로도 불린 강소성 양주를 지나면서 그 감개를 노래한 것이다. 양주는 기원전 486년부터 사람들이 살기 시작한 유구한 역사도시이며, 장강과 경항운하가 교차하는 곳으로 한대부터 청대에 이르기까지 전 시대에 걸쳐 번영을 누렸다. 역사적으로 가장 번성했던 시기는 서한 중엽과 수당에서 송대까지, 그리고 명청시기이다.

포조는 육조시대 송나라의 시인으로 「무성부」를 지어 폐허가 된 양주에 슬픈 감회를 기탁하였다. 한나라가 멸망하기 이전까지 양주는 대단한 번성을 누렸지만 위진남북조시대 잦은 전란으로 이미 폐허가 되었기 때문에 포조는 그러한 역사의 흥망을 「무성부」에 담았던 것이다. 그러나 이후 다시 수당시대에 양주는 새로운 번영을 맞이하였다.

당나라 시인 두목은 「증별」 시에서 “아리따운 아가씨 십삼여 세에, 이월 초경의 가냘픈 두구의 가지로다. 양주길 십리에 봄바람 부는데, 주렴을 걷고 둘러보아도 너만 못해라.(娉娉嫋嫋十三餘, 荳蔻梢頭二月初. 春風十里揚州路, 卷上珠簾總不如.)” 라고 노래하였다. 이 시는 두목이 대화 9년(835)에 양주를 떠나 장안으로 돌아가면서 양주에서 알고 지내던 기생에게 써준 것이다. 두목은 이 시에서 양주길 십리에 화려하게 가득 찬 유흥가에서 아무리 둘러봐도 그녀가 제일 아름답다고 노래하였는데 여기에서 당시 양주의 번화함이 어떠했는지 상상하고도 남음이 있겠다.

노지는 이 소령에서 두목이 양주의 청루에서 보냈던 아름답고 즐거운 순간들을 떠올리면서 이제는 폐허나 다름없이 초라해진 도시 모습에 허망함을 느낀다.

경구 회고

집의 남쪽에 어찌 누상을 알리,
어떤 영웅이,
손권을 놀라게 했나.
한나라가 삼국으로 나누어져,
진송(晋宋)까지 이어져,
짧은 시간에 양(梁)나라까지 갔네.
태평시대의 일을 사방에 써 보내는데,
영웅호걸들이 바다에 뜨고 강물을 삼켰네.
바라보니 아득하여,
술에 취해 노래 부르며,
싸늘한 창가에서 읊조리노라.

京口懷古

道宅南豈識樓桑, 何許英雄, 驚倒孫郞. 漢鼎才分, 流延晋宋, 彈指蕭梁. 昭代事書四方, 北溟魚浮海呑江. 臨眺蒼茫, 醉倚歌環, 吟斷寒窗.

* 경구(京口): 지금의 강소성 진강(鎭江). 장강과 대운하가 교차되는 지역에 있어 예로부터 수상교통의 중심지. 삼국시대에는 오나라 손권이 이곳을 잠깐 도읍으로 삼으면서 남경의 입구라는 의미에서 붙여진 이름이다.

* 누상(樓桑): 누상촌(樓桑村)으로 삼국시대 촉한 유비가 태어난 고장이다. 지금의 하북성 탁주이다.
* 손랑(孫郞): 삼국시대 오나라의 왕 손권(孫權)을 이르는 말이다.
* 북명어(北溟魚): 북해에 있다는 물고기로 이름이 곤(鯤)인데 이것이 변하여 붕새가 된다고 한다. 여기서는 큰 뜻을 품은 사람을 가리킨다.

이 소령에서는 삼국시대 손권이 조조를 공략하기 위해 소주에서 천도하였던 경구(京口), 즉 진강을 지나면서 느낀 감회를 노래하였다. 처음 서두에서는 삼국시대의 유비와 조조·손권의 삼국정립을 이야기한 후 그러한 혼란이 남조시대까지 계속 이어졌음을 말하였다. 여기에서 작자는 역사를 풍미했던 영웅들의 이야기도 시대가 한참 지난 지금에는 아득히 옛이야기로만 남아있을 뿐이니 한잔 술에 취하여 잊어버리는 게 좋다는 생각을 드러내었다.

오문 회고

석양에 사슴들 뛰노는 황량한 누각에 기대어,
평평한 땅에 텅 빈 강을 마주하며,
늙은 나무 높은 절벽,
계찰(季札)의 높은 명성,
창문(閶門)의 옛 자취,
옛일을 위로하며 회포를 일으키네.
누가 오나라 궁궐에 화근을 심었나?
저라산에서 아름다운 새가 날아와,
절개가 뛰어난 인재들을 굴복시켰으니,
경국의 미인들이,
이 세상을 얼마나 많이 지나갔나!

吳門懷古

倚夕陽麋鹿荒臺，對平楚江空， 老樹蒼崖．季子風高，閶門陳迹，撫事興懷．誰種下吳宮禍胎，苧蘿山華鳥飛來，伏節英才，傾國佳人， 幾度塵埃．

* 오문(吳門): 평강(平江). 지금의 강소성 소주 지역.
* 평초(平楚): 평지.
* 계자(季子): 춘추시대 오나라의 공자 계찰(季札)이다. 오왕 수몽(BC585-561 재위)의 네 아들 중 막내로 태어났으며,

정치가이자 외교가로 활동했다. 오왕 수몽은 아들 중 가장 뛰어난 계찰을 후계자로 삼으려 했지만 그는 끝까지 사양했다. 이후에 수몽의 장남 제번의 아들 광(光)이 왕위 계승에 불만을 품고 반정을 일으켜 왕위에 올랐으니 그가 바로 부차의 아버지 합려이다.

* 창문(閶門): 옛 소주성의 서문이다.

이 소령에서는 옛 소주성의 관문인 오문(吳門)에 이르러 춘추시대 오나라의 흥망의 역사에 감회를 일으켰다. 먼저 서두에서는 폐허가 되어 황량한 소주성을 바라보며 끝까지 왕위를 사양하고 절개를 지킨 공자 계찰을 찬미하였다. 그리고는 후반부에서 월나라 미녀 서시의 미인계에 빠져 나라를 망친 부차와 이간계로 목숨을 잃은 충신 오자서에 대한 아쉬움을 토로했다. 역사의 흥망은 경국지색의 출현과 함께 한다는 탄식이 인상적이다.

전당 회고

전당의 아름다운 곳 어딘지 물으면,
이 시인들을 말하지 마라,
백거이와 소동파를.
풍성한 연회에,
강물은 출렁출렁,
천축산의 운무.
버드나무 밖 청루 화선,
서호의 기생집 앞에.
가무가 끊이지 않는다,
와신상담 하여 월나라가 오나라를 멸한 일은,
더 이상 말할 필요 없다네.

錢塘懷古

問錢塘佳麗誰邊, 且莫說詩家, 白傅坡仙. 勝會華筵, 江潮鼓吹, 天竺雲烟. 那柳外青樓畵船, 在西湖蘇小門前. 歌舞留連, 棲越呑吳, 付與忘言.

* 전당(錢塘): 지금의 항주(杭州). 진시황은 6국을 통일한 후 항주에 현을 설치하고 전당현이라 하였다. 남북조시기에 이르러서는 현을 군으로 바꾸고 전당군이라 하였다. 당대에는 휘를 피하여 당(唐)을 당(塘)으로 바꾸었다. 수나라 개황 9

년(589)에 항주라 개칭하였다.

* 수변(誰邊): 어디. 어느 곳.
* 백부(白傅): 당대 유명한 시인 백거이를 가리킨다. 일찍이 태자소부(太子少傅)를 역임한 적이 있었기 때문에 그렇게 불렀다.
* 파선(坡仙): 북송 유명한 시인 소식(호 동파거사)을 가리킨다. 파선이라 한 것은 그의 구속받지 않는 탈속적인 모습을 형용한 것이다.
* 승회(勝會): 성대한 모임.
* 화연(華筵): 풍성한 연회
* 고취(鼓吹): 고대의 기악 합주. 여기서는 강물의 출렁이는 소리를 형용한다.
* 천축(天竺): 산 이름. 항주 영은산(靈隱山) 남쪽은 상중하 세 개의 천축으로 나뉜다. 삼면이 산으로 둘러싸여 있고 앞으로 쭉 가면 장송이 양쪽에 서 있어 경치가 수려하고 그윽하다.
* 소소(蘇小): 소소소(蘇小小)가리킨다. 남제(南齊) 시기 전당의 명기로 재색을 겸비하여 당시 선비들의 사랑을 받았다. 여기서는 기녀를 가리킨다.
* 서월탄오(棲越呑吳): 춘추시대 말기에 오월쟁패에서 월나라가 오나라에 패하였다. 월왕 구천은 와신상담하면서 부국강병을 위해 각고의 노력을 기울였다. 범려·문종 등을 등용하여 십년 동안 나라를 잘 다스려 마침내 오나라를 멸망시킬 수 있었다.
* 서(棲): 서식(棲息). 잠시 때를 기다린다는 뜻이다.
* 망언(忘言): 마음속으로 그 뜻을 아니 말할 필요가 없다는

것이다. 이 구는 역사상 제왕의 패업이 모두 지난일이 되어 버렸으니 더 이상 말할 필요가 없다는 것이다.

이 소령은 항주의 아름답고 번화한 풍물을 칭송하면서 넋을 잃고 감상하다가 불현듯 역사의 흥망성쇠를 회고하며 감개를 일으켰다. 당나라의 대시인 백거이와 송나라의 대문호 소동파는 모두 항주에서 자사를 지냈다. 그들은 모두 서호의 범람을 막기 위해 제방을 쌓았는데 백거이가 쌓은 것을 백제(白堤), 소동파가 쌓은 것을 소제(蘇堤)라 한다. 작자는 여기에서 백거이와 소동파의 전고를 이야기 한 다음 곧이어 서호와 그 주변의 아름다운 풍경과 화려한 전경을 묘사하였다. 서호 하면 당연히 월나라 미녀 서시가 떠오르겠지만 오월전쟁은 먼 역사의 뒷이야기가 되어버린 지금 그것을 떠올릴 필요가 없겠다고 하면서 감회를 마무리 지었다.

금릉 회고

당시 육조의 호화로운 곳에,
어찌하여 강총이 돌아오자,
옥수후정화가 끊어졌나.
가녀들의 노랫소리,
대성(臺城)에서 바라보네,
부옇게 펼쳐진 강회평야.
금릉의 옛 권문세가를 물어보지만,
남은 건 석양에 시든 풀과 갈가마귀 뿐.
희미하게 저녁노을 비칠 제,
쓸쓸히 돌아오는 돛단배,
호가소리 처량하게 울려 퍼지네.

金陵懷古

記當年六代豪誇，甚江令歸來，玉樹無花．商女歌聲，臺城暢望，淮水烟沙．問江左風流故家，但夕陽衰草寒鴉．隱映殘霞，寥落歸帆，嗚咽嗚笳．

* 금릉(金陵): 지금의 강소성 남경시로, 일찍이 오(吳) · 동진(東晋) · 송 · 제 · 양 · 진 육조의 도성이었다.
* 강령(江令): 진(陳)나라 때의 문학가 강총(江總)을 가리킨다 강총은 자가 총지(總持)이며, 양(梁) · 진(陳) · 수(隋) 3

대에 걸쳐 벼슬하였다. 진대에 벼슬이 상서령에 이르렀기 때문에 세상 사람들은 그를 강령(江令)이라 불렀다.

* 상녀(商女): 노래를 생업으로 하는 가기(歌妓)를 가리킨다.
* 대성(臺城): 지금의 남경시 현무호(玄武湖) 가에 있는데, 삼국시기 때 동오의 후원이 있던 곳이다.
* 강좌(江左): 강동 · 강소(江蘇) 일대로 여기서는 여전히 금릉을 가리킨다.
* 풍류고가(風流故家): 육조의 왕씨(王氏)와 사씨(謝氏) 등의 권문세가를 가리킨다.

역대로 문인들이 역사고도 금릉을 회고한 작품은 대단히 많지만, 그 중에서도 이 소령은 함의가 깊고 독특한 회고의 작품이다.

이 곡은 내용상에서 모두 세 단락으로 나누어 볼 수 있다. 일반적으로 문인들이 명승지를 찾아 회고하는 것은 모두 경물을 보고 감정이 일으키고 강산을 보고 옛일을 회상한 것이다. 이 곡은 시작하자마자 독자들을 천 년 전의 역사적 분위기 속으로 끌어들인다. 육대(六代)는 바로 금릉에 도읍을 정한 여섯 개 왕조를 가리키는데, 그것들은 모두 자신의 호화사치를 뽐냈다. 강총은 국사를 돌보지 않고 매일 공범(孔范) 등과 함께 진후주를 모시고 후궁에서 연회를 즐기며 염사(艶詞)를 지었다. 그래서 당시에 그를 압객(狎客)이라 불렀다. 이 단락에서는 이토록 호화롭고 사치스런 금릉에 강총이 돌아온 후에 왜 더 이상 「옥수후정화」 곡을 듣지 않았는지 반문하였는데, 여기에는 육대의 마지막 왕조가 이미 국운이 쇠하였다는 것과 진대 군신들이 황음무도하여 나라와 백성을 망친데 대한 책망이 은유되어 있다.

두 번째 단락은 작자가 지금도 여전히 역사의 회상에 빠져 귓가에는 가녀(歌女)들의 「옥수후정화」 소리가 미미하게 맴돌고 있는 듯하다. 대성(臺城)에 올라 마음껏 조망할 때 눈앞에는 한없이 넓은 강회평야가 펼쳐진다. 여기에서 작자는 그림처럼 아름다운 산천을 대하는 순간 정경이 융화되어, 집과 나라가 멸망한 비탄을 발출하였다. 이 단락의 의미는 당시 권문세가는 어디로 갔는지 물어본다는 뜻이다. 단지 남아있는 것은 석양과 시든 풀, 갈가마귀, 깊은 가을의 황혼 풍경뿐이다. 저녁노을이 비추는 가운데 강에는 배들이 하나씩 돌아오고, 처량하고 쓸쓸하게 호가(胡笳) 소리 울려 퍼진다. 분명한 것은 원대는 몽고인의 천하였다. 고국에 대한 그리움은 무언에 내재되어 있다. 전반적으로 이 곡은 함축적이고 정교하며, 전고의 운용도 자연스럽다.

선성 회고

강산을 마주하여 멋진 건물 칭송하고,
천하제일의 정원을 생각하는데,
당체화가 피어나네.
새벽꿈에 노래와 종소리,
높은 성의 초목,
황폐한 늪과 누각.
산봉우리에 저녁안개 피어나고,
마고의 푸른 기운이 날아오네.
아득한 나의 마음,
하늘은 맑고 구름은 한가하고,
만사가 떠다니는 먼지 같구나.

宣城懷古

對江山吟斷高齋, 想甲第名園, 棠棣花開. 曉夢歌鍾, 高城草木, 廢沼荒臺. 快吹盡陵峯暮靄, 等麻姑空翠飛來. 渺渺予懷, 天淡雲閑, 萬事浮埃.

* 선성(宣城): 안휘성 남동쪽. 이백이 노래한 경정산(敬亭山)이 있고, 사공루(謝公樓)가 유명하다. 육조의 대시인 사조는 선성태수로 있으면서 그 아름다움에 반해 북쪽에 높은 누각을 짓고 그 위에 올라가 선성의 절경을 감상하곤 하였다.

* 마고(麻姑): 중국 전설에 나오는 늙은 선녀. 한나라 환제 때 에 고여산(姑餘山)에서 수도하였는데, 길고 새 발톱처럼 생긴 손톱으로 가려운 데를 긁어 주면 한없이 유쾌하였다 한다

이 소령은 사공루로 유명한 선성의 유적을 돌아보며 느낀 감개를 노래한 것이다. 선성에 대해서 작자는 [중려] <주이곡>에서도 읊은 바가 있다. 여기에는 남조시대 제나라 시인 사조와 사공루, 당대시인 이백과 경정산으로 시정이 풍부하다. 그런데도 작자는 안개 피어오르는 산봉우리와 한적한 하늘을 바라보며 왠지 모를 공허함을 느낀다.

심양 회고

청담을 더럽힌 원규(元規)를 비웃으며,
스스로 풍류를 다하였으니,
세상의 쓰임을 어찌 감당하리?
도연명과 사령운은 술 취해 즐기고,
백련사에 향기가 사라졌으니,
선정에 들어선 즐거움을 누가 간여하리.
비파소리 싸늘한 강의 달빛 아래 처량하고,
눈물 자국은 강주사마의 청삼을 적시네.
어지러운 마음 구름처럼 가라앉아,
나는 숲을 찾아,
초가집이나 지으련다.

潯陽懷古

笑元規塵涴淸談, 便儘自風流, 用世何堪. 陶謝醺酣, 香消蓮社, 禪悅誰參. 琵琶冷江空月慘, 泪痕淹司馬靑衫. 惱亂雲龕, 我欲尋林, 結箇茅庵.

* 심양(潯陽): 강주(江州). 강서성 감당호(甘棠湖)가 장강으로 흘러 들어가는 곳에 있는 옛 성의 이름이다. 지금의 구강시(九江市) 교외에 해당한다. 백거이의 「비파행」에 나오는 심양강은 그 곁을 흐른다.

* 원규(元規): 동진의 유량(庾亮, 289-340)이다. 영천 언릉 사람으로 자가 원규이다. 명제(明帝)의 손위처남으로 성제(成帝)를 옹립하고 외척의 권세를 휘둘렀다. 도독과 강주·형주·예주자사를 지냈다.
* 도사(陶謝): 전원시인 도연명과 산수시인 사령운을 이르는 말이다.
* 연사(蓮社): 정토의 업을 닦기 위한 결사, 즉 백련사(白蓮社)를 말한다. 동진의 혜원(慧遠)이 여산의 동림사(東林社)에서 여러 현사들과 더불어 결사하고 백련(白蓮)을 많이 심고 키운 고사에 나온 말이다.

이 소령은 백거이의 「비파행」으로 유명한 심양을 돌아보며 회고한 노래이다. 심양은 현재의 강서성 구강시로 여기에는 아름다운 여산이 자리하고 있고 넓고 푸른 파양호를 바라볼 수 있다.

작자는 이 곡에서 먼저 동진의 원규(유량)의 처세를 비웃는 것으로써 포문을 열었다. 원규는 명제의 황후 동생으로서 정사에 참여해 도정후에 봉해지고 중서랑·중서감에 올랐다. 성제 때에도 중서령이 되어 정권을 장악했다. 성제 때(327) 소준과 조약 등이 군사를 일으켜 잡으러오자 심양으로 도피하여 난을 평정했다. 그리고 또 곽묵이 반란을 일으키자 도간과 함께 출정해 곽묵을 살해하였으며, 도간이 죽은 후에는 병권을 장악하고 권세를 휘둘렀다. 작자는 첫 구에서 권력을 쟁취하기 위해 갖은 수단과 방법을 동원한 원규를 비웃었다. 이어서 작자는 항상 술을 즐긴 도연명과 사령운을 노래하고 여산의 동림사에서 백련사를 맺은 혜원선사를 찬미함으로써 원규와 같은 권력 지향적 인물을 비판했다.

후반부에서 작자는 백거이의 「비파행」 이야기를 떠올리며 비파여인의 비극적인 운명과 백거이의 처량한 신세를 비유하고, 이로써 마음이 심란하여 자신도 조용한 전원을 찾아 초가에서 심신을 휴양하고 싶은 마음을 노래했다.

무창 회고

황학이 흰 갈매기를 놀라게 한 일을 묻노니,
어찌 앵무새가 말을 할 줄 알았다면,
아름다운 모래섬에 한을 묻었겠나.
세모에 강은 텅 비고,
구름이 날리고 바람이 이니,
맑은 가을 흥취가 가득하네.
월나라 오나라 미녀와 초나라 술 있으니,
늙은이의 남루(南樓)를 헛되이 저버리지 마라.
신세는 빈 배,
천년이 아득하여,
한 번 웃음으로 한적하게 보내리라.

武昌懷古

問黃鶴驚動白鷗，甚鸚鵡能言，埋恨芳州．歲晚江空，雲飛風起，興滿清秋．有越女吳姬楚酒，莫虛負老子南樓．身世虛舟，千載悠悠，一笑休休．

* 무창(武昌): 호북성 남동부에 있는 무한(武漢)의 한 지구이다. 옛날에는 무한삼진(武漢三鎭)의 하나로 정치·문화의 중심지역으로 여기에 황학루가 있다.

이 소령은 무창에서의 감개를 노래한 곡이다. 무창은 지금의 무한지역으로 역사적으로 유명한 황학루가 자리하고 있다. 황학루는 촉(蜀)의 비위(費褘)가 신선이 되어 황학을 타고 가다가 여기에 와서 쉬었다고 하여 붙여진 이름이라고도 하고, 신씨(辛氏) 술집에 온 사람이 술값 대신 벽에 누런 학을 그렸는데 후에 그 그림 학이 날아가 버려 신씨가 누각을 세워 황학루라 했다고도 하며, 신선 자안(子安)이 황학을 타고 여기를 지났다고 하기도 한다. 당대 시인 최호는 여기에 와서 유명한 시 「황학루」를 남겼다.

옛 사람은 이미 황학을 타고 떠났고
이곳에는 덧없이 황학루만 남아 있구나.
황학은 한 번 떠난 후 다시 돌아오지 않고
흰 구름만 천년 동안 허공에 유유히 떠다니네.
맑은 강에는 한양의 숲 또렷하게 비치고
앵무주에는 향긋한 풀만 무성하네.
날은 저무는데 고향은 어디인가?
안개 일렁이는 강가 풍경은 나그네를 시름겹게 하는구나.
(昔人已乘黃鶴去, 此地空餘黃鶴樓. 黃鶴一去不復返, 白雲千載空悠悠. 晴川歷歷漢陽樹, 芳草萋萋鸚鵡洲. 日暮鄉關何處是, 烟波江上使人愁.)

이 시는 당대 최고의 시로 평가되고 있는데 어느날 시선 이태백이 황학루에 와서 시를 지으려고 하다가 이 시를 보고 크게 감탄하여 이보다 더 뛰어난 황학루시를 지을 수 없다고 판단하고 돌아갔다고 한다. 이 소령에서는 황학루에 담긴 역사적 이야기를 빌려 자신의 감회를 서술하고 마지막에는 이 모든 것도 허망할 뿐이라는 감개를 표출하였다.

강릉 회고

사신의 배가 두 번이나 남으로 내려감을 개탄하며,
무산의 선녀 조운(朝雲)을 그리워하는,
맑은 가을 송옥(宋玉).
한위(漢魏)의 명사들,
바람을 맞으며 피리를 불고,
시를 지으며 누각에 오르네.
누가 하궁 주위에 버드나무 심는 걸 배웠을까.
눈가에 새로운 근심이 더해지는데.
어부는 배를 돌려,
굴원의 죽음을 비웃으며,
술을 가까이하지 않는구나.

江陵懷古

慨星槎兩度南遊，想神女朝雲，宋玉淸秋．漢魏名流，臨風吹笛，作賦登樓．誰學下宮腰種柳，又添些眉黛新愁．漁父回舟，應笑湘纍，不近糟丘．

* 강릉(江陵): 지금의 호북성 중남부에 있는 형주시이다.
* 성사(星槎): 천자의 사신이 타고 가는 배.
* 하궁(下宮): 당송시기에 제왕릉의 부속 건축물을 하궁이라 하였다. 하궁은 주릉의 서남쪽에 두었는데 능을 관리하는 관

원이 제사 등의 행사를 거행하던 곳이다. 또 능에 참배하러 온 제왕이 휴식을 취하던 곳이기도 하다.

* 상루(湘纍): 굴원이 간신들의 모함으로 쫓겨나 상수(湘水) 주변을 떠돌다가 멱라강에 투신자살한 일을 가리킨다.
* 조구(糟丘): 술지게미로 쌓은 작은 언덕. 술을 의미함.

강릉은 고대에는 초나라의 도성 영(郢)이었으며, 춘추전국에서 오대십국까지 34대의 제왕이 515년간 이곳에 도읍을 정했다. 한대에 이르러 강릉성에 형주(荊州)의 치소를 두었기 때문에 형주를 강릉이라고 칭하게 되었다. 오대 이래로 중원의 왕조는 통치중심이 장강유역으로 내려오면서 대체로 강릉에 도읍을 정하는 경우가 많았다.

역사적으로 제일 번성했던 시기는 춘추시대 초나라, 동진시대부터 남북조 말기까지, 오대십국시기이다. 초나라는 춘추오패와 전국칠웅의 하나로서 강대국의 맹위를 떨쳤고, 동진·제·양 시기에는 도성이 되어 당시 중국 남방에서 건강에 이어 두 번째로 큰 정치중심지였다. 서기 554년에 서위가 강릉성을 정복하고 양나라 효원제가 분신자살한 이후 강릉은 대재난을 만났다. 당나라 때는 다시 재건공사를 꾸준히 하여 강릉은 다시 당나라 오대 도시 중의 하나가 되었다. 강릉에 도읍을 정한 마지막 왕조는 오대십국 중의 형남(荊南)이다. 이로써 고대 장강 중하류 지역의 정치·경제 중심은 대부분 강릉에 있었음을 알 수 있는데, 작자는 여기에서 강릉을 지나가며 그러한 일련의 역사적 과정을 상기하면서 무한한 감개에 젖어들었다.

장사 회고

아침에 집현원 저녁에 다시 호남으로,
악록산에서 시를 찾고,
상수에서 봄을 찾는다.
물의 고장에서 난초를 짜고,
모래톱에서 두약을 캔다.
누구를 위해 혼을 부를까?
창오산 저녁 구름에 시야 가리고,
쓸쓸한 황릉묘의 보슬(寶瑟)엔 먼지만 가득하다.
어수선한 세태 속에,
천고의 세월 동안 장사에,
얼마나 많은 신하들이 거쳐 갔을까?

長沙懷古

朝瀛洲暮艤湖濱, 向衡麓尋詩, 湘水尋春. 澤國紉蘭, 汀洲搴若, 誰與招魂. 空目斷蒼梧暮雲, 黯黃陵寶瑟凝塵. 世態紛紛, 千古長沙, 幾度詞臣.

* 의(艤): 떠날 준비를 하고 배를 기슭에 댄다는 뜻이다.
* 호빈(湖濱): 동정호 가이다.
* 형록(衡麓): 악록산을 가리킨다. 이 산은 남악 형산의 북쪽 기슭에 있기 때문에 그렇게 부른 것이다.

* 택국(澤國): 물의 고장으로 호남을 가리킨다.
* 정주(汀洲)는 강 가운데 있는 작은 육지이다.
* 약(若): 향초이름으로 두약(杜若)이다.
* 창오(蒼梧): 산 이름으로 지금의 호남성 영원현에 있으며 구의산(九嶷山)이라고도 한다. 전하는 바에 의하면 순임금이 이 산에서 죽었다고 한다. 『사기』에는 순임금이 창오산에서 붕어하였다고 되어 있다.
* 황릉(黃陵): 산 이름으로 지금의 호남성 상음현 북쪽, 동정호 가에 있으며 상산(湘山)이라고도 한다. 전하는 바에 의하면, 순임금의 두 왕비의 묘지가 이 산에 있다고 한다. 옛날에는 황릉묘(黃陵廟)가 있었는데, 일설에 의하면, 상산(湘山)은 군산(君山)으로 지금의 호남성 악양현 서쪽에 있으며, 산 위에는 상비묘(湘妃廟)가 있었다고 한다.
* 보슬(寶瑟): 초사 「원유(遠遊)」 편에 "상령에게 슬을 치게 한다(使湘靈鼓瑟兮)"라는 구가 있는데, 상령은 상수(湘水)의 신으로 상비의 영혼이다.

이 소령은 노지의 회고작 중에서 명편으로 손꼽힌다. 작자는 원(元) 성종 대덕 초기에 집현학사 대중대부에 제수되었다가 오래지 않아 호남으로 좌천되었다. 눈앞의 악록산 · 상강수는 그에게 선현을 회상하게 하고, 정치적 실의로 멱라강에 투신한 굴원을 그리워하게 하였다. 이에 그는 이 소령을 지어 자신의 실의에 찬 마음을 토로하였다.

먼저 첫 3구에서는 이 소령을 창작하게 된 연유에 대해 말하였다. 영주(瀛洲)는 전설 속의 신선이 산다는 삼신산의 하나이다. 『구당서』「저량전(褚亮傳)」에 의하면, 당 태종 이세민이 천축상장군(天策上將軍) 시절 어진 인재를 등용하기 위해 문학관을 설치하여 18명의 학사를 선발한 후 돌아가며 당직을 하게 하였다. 여기에 선발된 사람을 당시에는 등영주(登瀛洲)라 부르고 선경에 오른 것처럼 총애를 얻었다고 비유하였다. 여기에서 첫 3구의 대의는 새벽에 집현원에 들어가서 집현학사 대중대부의 직을 제수받고, 저녁에 다시 배를 타고 호남으로 내려와서 보잘 것 없는 지방관을 맡게 됨으로써, 자신이 비로소 악록산에서 시를 찾고 상강에서 봄을 찾는 기회를 가질 수 있게 되었다는 것이다.

그 다음 다섯 구에서는 작자가 푸른 악록산과 넓은 상강을 접하면서 생겨난 회고의 감정을 묘사하였다. 굴원의 「이소」에 "추란(秋蘭)으로 노리개를 짜고" 라는 구가 있는데, 이것을 사용하여 자신의 고결한 품행을 표현하였다. 굴원의 「구가 · 상부인」에는 "모래톱에서 두약을 따서, 멀리 있는 님에게 보내리" 라고 하여 상부인에 대한 그리움을 묘사하였다. 여기서는 "물의 고장에서 난초를 짜고, 모래톱에서 두약을 딴다." 라고 한 것은 고고하고 세속을 초탈한 굴원을 가리킨다.

이 다섯 구의 대의는 고고하고 세속을 초탈한 굴원은 일찍이 초 회왕의 영혼을 부르기 위해 「초혼」을 지었는데 나는 오늘 누구의 혼을 부르기 위해 곡을 짓는가라는 것이다. 이민족, 즉 몽고족 최고 통치자에 대한 불만을 토로하였다. 생각이 여기에 미치자 시야는 저녁구름에 의해 차단되어, 초목이 무성한 창오산을 보지 못하고, 보이는 건 단지 황릉묘(黃陵廟) 안에 먼지 가득한 상비의 보슬(寶瑟) 뿐이니 상심하지 않을 수 없다.

계속하여 심기가 안정되지 않은 작자는 남쪽으로 파견된 선배 문호들의 운명을 하나하나 생각하게 되었다. 유종원은 유주(柳州)의 숙소에서 죽었고, 왕우칭(王禹偁)은 황주(黃州) 제안(齊安)에서 죽었다. 이에 그는 자신의 운명을 생각하고는 마음속 깊은 곳에서 탄식을 발출하였다.

전반적으로 이 소령은 언어가 청려하고 정교하며, 고아하면서도 통속적이다. 그리고 분위기는 침울하면서도 처량하게 묘사되어 대단히 감동적이다. 회고의 정을 통하여 현실적인 심정을 표출하였으니 이것은 아름답고 뛰어난 회고의 작품이라 할 수 있다.

양양 회고

녹문산은 조용히 은거하기에 좋다는 걸,
얼마나 많은 사람들이 들었던가,
동제(銅鞮)를 다투어 노래하네.
평생 동안 몸에 밴 습관으로,
모름지기 책벌레라 말하리라.
누가 꽃 속 울타리에서 취하는가!
누가 해질녘에 항상 연못으로 가는가!
흥망성쇠에 감개하여,
모래밭 갈매기에 물어보려 했으나,
때마침 시기를 잊어버렸다네.

襄陽懷古

鹿門山儘好幽棲, 且聽甚羣兒, 爭唱銅鞮. 撫節懷予, 平生傳癖, 須曰書癡. 誰醉著花間接籬, 更誰家日暮習池. 感慨興衰, 欲問沙鷗, 正自忘機.

* 양양(襄陽): 지금의 호북성 양양시.
* 녹문산(鹿門山): 호북성 양양에 있는 산 이름.
* 동제(銅鞮): 원래는 고대 춘추시기의 현 이름으로 심현(沁縣)이라 하였는데, 진(晋)나라 때는 동부의 정치·경제·군사·문화의 중심지였다. 양양의 별칭으로도 사용된다.

이 소령은 은거의 명산 녹문산이 있는 양양을 돌아보며 느낀 감회를 노래한 곡이다.

양양은 호북성 서북부에 위치하고 있으며 한강(漢江) 중하류 평야의 중심지이다. 초문화 · 한문화 · 삼국문화의 주요 발원지로서 2800여년의 역사를 가지고 있으며, 역대 경제의 중심지이자 군사 요충지로 유명한 도시이다. 양양은 양수(襄水)의 북쪽에 있다고 해서 붙여진 이름이며, 여기가 바로 유비와 제갈량의 삼고초려 고사가 있는 융중이다.

녹문산은 원래 소령산(蘇嶺山)으로 한강을 접하고 있으면서 강을 사이에 두고 현산(峴山)을 마주보고 있다. 후한 말기에 양양 사람으로 제갈량의 스승이자 방통의 삼촌인 방덕(龐德)이 이곳 녹문산에 은거하여 약초를 캐며 살면서 많은 인재들을 모아 가르친 이후로 이곳은 은자들이 찾아가는 중요한 은둔처가 되었다.

기산 감회

허유와 소부 뒤에 은자는 누구던가!
명인을 손꼽아 보니,
오히려 많지 않다.
어부 엄자릉,
농부 도연명,
마음껏 유유자적.
오류장의 자기와 와발,
칠리탄의 삿갓과 도롱이.
무엇이 좋은가!
삼경의 가을 향기.
만고의 푸른 파도

箕山感懷

巢由後隱者誰何, 試屈指高人, 却也無多. 漁父嚴陵, 農夫陶令, 儘會婆娑. 五柳莊瓷甌瓦鉢, 七里灘雨笠烟蓑. 好處如何, 三徑秋香, 萬古蒼波.

* 엄릉(嚴陵): 엄자릉(嚴子陵)으로 이름은 엄광(嚴光)이다.
* 도령(陶令): 동진의 전원시인 도연명으로 이름은 도잠(陶潛)이다.

이 소령은 고대의 은자 허유(許由)와 소부(巢父)의 이야기를 빌려 역대의 은자들을 칭송한 작품이다.

기산(箕山)은 하남성 등봉현(登封縣) 동남쪽에 있는데, 전하는 바에 의하면, 요임금 때 소부와 허유가 은거하던 곳이라고 한다. 역대로 문인 · 시인들이 기산을 묘사하면서 은사를 기린 시편들은 아주 많다. 금원대 문단의 영수 원호문의 「음명(飮名)」은 바로 오언고시 「기산」이다. 『금사본전』에는 "원호문이 태행(太行)으로 내려가 대하를 건너 「기산」 「금대(琴臺)」 등의 시를 지었는데, 예부(禮部)의 조병문(趙秉文)이 그것을 보고 근래에는 이러한 작품이 없다고 생각했다. 그 후 경사에 그 명성이 자자해졌다."라는 기록이 있다. 그러나 노지의 이 곡은 기산을 빌어 감회를 풀고 개탄을 발출하면서 역사상의 은사를 노래하였다. 전곡은 단숨에 이루어져 구성이 정교하고 어구가 소박하고 격조가 자연스럽다.

전반부는 작자의 자문자답이다. 그 다음에 그는 두 명의 은사 엄자릉과 도연명을 거명하였다. 엄자릉은 어린 시절 광무제와 함께 자랐는데 광무제가 즉위한 후에 엄자릉은 성과 이름을 바꾸고 은거하였다. 광무제가 그를 찾아 간의대부에 임명하려 하였으나 그는 그것을 받아들이지 않고 부춘산에 은거하여 농사와 고기잡이로 일생을 보냈다. 그 후 그는 중국역사상 유명한 은사로 기록되었다. 도연명은 전원시인 · 은일시인의 시조라 칭해진다.

도연명은 집 가에 버드나무 다섯 그루를 심어놓고 자호를 오류선생이라 하였다. 그는 또 「오류선생전」을 지었기 때문에 후인들은 그가 살던 곳을 오류장(五柳莊)이라 일컬었다. 엄자릉의 낚시터는 부춘강 상류의 칠리탄(七里灘)에 있다. 따라서 노지는 그곳을 찬양하였다. 마지막 2구에서는 작자의 인생의지와 사상추구를 반영하여, 공명에 대한 염증과 현실에 대한 불만을 표현하였다.

이 곡의 특징은 전고의 운용에 뛰어난 점이다. 원곡의 전고 운용은 통속적인 것을 피하지 않고 잘 알려진 것도 피하지 않지만, 진부한 것을 참신하게 만들어 통속적이고 잘 알려진 것 속에 정교하고 참신함이 보인다. 이 곡은 원곡 전고 운용의 이러한 특징을 잘 구현하였다. 소부·허유·엄자릉·도연명은 모두 역대 문인·시인들이 가송한 은사들로, 그들의 사적에 대해서는 누구나 잘 알고 있다. 작자는 바로 이러한 전고를 운용하여 새로운 의경을 창출하였다. 몽고족 통치에 대한 불만과 공명이록에 대한 혐오 및 인생에 대한 추구가 그 속에 함유되어 있다. 전체적으로 보면 격조가 자연스럽고 어구의 구성이 정교하여, 원대 초기 산곡작가 청려파의 특색을 잘 나타내 보여주고 있다.

양주 왕우승과의 자리에서 즉흥적으로 짓다

강성(江城)에 노랫소리 멋진데,
비가 평산(平山)을 지나가고,
달이 서루(西樓)에 가득하네.
꽃다운 나이 얼마나 되리오?
삼생은 취몽이고,
유월이라 서늘한 가을에.
금슬(錦瑟) 연주에 미인이 술을 권하고,
주렴을 걷어 올려 양주곡(凉州曲)을 연주하네.
나그네 떠나갔다 돌아와서 머무는데,
구름 높이 교목은 쓸쓸하고,
은하수는 아득하네.

揚州汪右丞席上即事

江城歌吹風流，雨過平山，月滿西樓．幾許華年，三生醉夢，六月凉秋．按錦瑟佳人勸酒，卷朱簾齊按凉州．客去還留，雲樹蕭蕭，河漢悠悠．

이 소령은 양주에서 왕우승과 연회에서 즉흥적으로 지은 곡이다. 우승은 관직 이름으로 중서우승과 중서좌승이 있었는데, 왕우승이 구체적으로 누구인지는 자세한 기록이 없다.

광수 전별석상에서 가수 강운(江雲)에게 주며

강운(江雲)은 어디에서 날아왔을까?
전혀 예사롭지 않고,
춤추는 정자 노래하는 누대.
망망대해의 별,
맑은 가을의 달,
흐르는 물의 천태산.
새로운 근심으로 손님을 전송할 준비하고,
억지로 그의 눈썹을 펴게 하네.
청초한 이별의 그리움,
향기가 비단 저고리에 진동하고,
꿈속에 금비녀를 두르네.

廣帥餞別席上贈歌者江雲

問江雲何處飛來，全不似尋常，舞榭歌臺．溟海星槎，清秋月窟，流水天台．準備下新愁送客，强教他眉黛舒開．楚楚離懷，香動羅襦，夢繞金釵．

이 소령은 1299년(대덕 3년)에 광수 전별석상에게 가수 강운에게 지어준 것이다. 당시에 작자는 대사남해(代祀南海)에서 호남행성(湖廣行省)으로 가고 있었다.

한식날 신야로 가면서

안개비 같은 버들가지 눈 같은 배꽃,
사립문엔 개 짖는 소리,
처마 끝엔 제비 소리.
낡은 항아리 옆에,
시골 영감 할멈,
실낱같은 귀밑머리.
뽕밭 너머 그네 뛰는 소녀들,
두 갈래 땋은 머리 꽃가지를 꽂았네.
눈을 힐끗 돌려서는,
행인 보고 탄식한다.
말 타고 시를 읊다니.

寒食新野道中

柳濛烟梨雪參差，犬吠柴荊，燕語茅茨．老瓦盆邊，田家翁媼，鬢髮如絲．桑柘外秋千女兒，髻雙鴉斜揷花枝．轉眄移時，應嘆行人，馬上哦詩．

* 신야(新野): 지금의 하남성 신야현(新野縣)이다. 북으로는 남양 · 낙양을 의지하고, 남으로는 형문 · 양양과 맞닿아 있다. 예로부터 동서와 남북을 이어주는 교통의 요충지이다.

이 소령은 청명 한식절에 작자가 시골에서 보고 들은 느낌을 묘사한 것으로 아마 하남로총관(河南路總管)으로 부임하면서 지은 것 같다. 청명절과 그 하루 앞날인 한식절은 모두 중국의 전통명절이다. 이때 사람들은 성묘를 하고, 사인(士人)들은 교외로 나가 답청(踏靑)·상춘(賞春)을 하며, 백성들은 연날리기·그네뛰기·축국 등의 놀이를 한다. 이것은 만물이 소생하고 사람들이 좋아하는 봄날의 풍경이다. 이때 종일토록 공무에 시달려야 하는 총관은 비로소 여가를 얻어 말을 타고 봄나들이를 갈 수 있다. 이날은 총관에게 있어 소중한 기회이자 즐거운 일이다.

그가 안개 같은 버들개지 날리고 눈 같은 배꽃이 만발한 조그만 시골에 도착했을 때, 이곳의 봄풍경에 완전히 도취되었다. 비록 말발굽을 늦추었지만 사립문에는 이따금 개짖는 소리가 들려오고, 처마 끝에는 제비 몇 마리가 날아든다. 귀밑머리 하얗게 센 노부부는 한창 그 즐거움을 만끽하고 있다. 뽕나무밭에서 바라보니 머리를 땋은 소녀가 즐겁게 그네를 타고 있다. 이 모든 것들은 아주 자연스럽고 조화롭다. 이것이 전반부의 대의이다.

후반부에서는 그네 타는 소녀의 개탄을 통하여 눈앞에 펼쳐진 풍경에 대한 작자의 무언의 감개를 표현하였다. 놀이를 즐기는 그 소녀들은 말위에서 열심히 시를 읊조리는 이 사람을 당연히 이해할 수 없었을 것이다. 시인에 대한 소녀의 탄식을 말하기 보다는 다음과 같은 시인의 자탄을 말하는 것이 낫다. 시골노인의 순후함, 시골아이의 순진함, 농가의 자연스럽고 조화로운 생활에 비해, 자신이 그렇게 열심히 시를 읊조리는 것이 부자연스런 행동이 아니겠는가? 여기에서 자연의 정취가 넘치는 시골생활에 대한 시인의 부러움을 토로하였다. 원대 초기에 몽고족 통치자들은 한족들을 대단히 차별하였기 때문에 많은 한족 지식인들은 정계에 진출할 수가 없었다. 노지처럼 일로총관(一路總管)에 임명된 한족은 파격적인 발탁에 속하는 것이다. 그러나 설령 이렇다 할지라도 한족들은 여전히 통치계층의 신뢰를 얻을 수 없었을 뿐만 아니라, 언제든지 화를 당할 수 있었다. 이로부터 노지의 마음속에 내재된 생각을 대략적으로 짐작할 수 있다. 이러한 감정은 그의 다른 곡 「양적도중전가즉사(陽翟道中田家卽事)」에서 더욱 분명하게 표현되었다. 따라서 농가의 즐거움에 대한 노지의 동경은 바로 자신의 뜻이 실현될 수 없다는 것을 반영한 것이다. 이러한 점은 이해하기 어렵지 않다.

이 곡의 두드러진 예술적 특색은 서경에서 서정으로 들어가는 자연스러움과 서경을 서정으로 변화시킨 정교한 배치에 있으면서 눈앞의 경물에 작자의 감정을 이입한 정경의 융합에 있다. 이 곡의 언어는 전반적으로 청신하고 질박하며 조탁이나 인위적인 수식을 가한 흔적이 없다.

운대에서 취하여 돌아가며

호령궁 옆의 운대(雲臺),
석양이 지는 진천(秦川),
반쯤 취하여 집으로 돌아오네.
옛길의 서풍,
황량한 숲의 작은 강줄기,
늙은 나무 푸른 이끼,
만고의 동관(潼關)을 지나가는 나그네,
청광(淸狂)함이 어찌 나만 하겠는가.
푸르고 붉은 절벽에,
신시를 한 수 지으니,
옥정(玉井)에 연꽃이 피어나네.

雲臺醉歸

灝靈宮畔雲臺, 日落秦川, 半醉歸來. 古道西風, 荒叢細水, 老樹蒼苔. 萬古潼關過客, 儘淸狂得似疎齋. 翠壁丹崖, 題罷新詩, 玉井蓮開.

* 운대(雲臺): 후한 명제(明帝) 때 공신 28명의 업적을 추념하기 위해 초상을 건 곳.
* 진천(秦川): 섬서성과 감숙성의 통칭.
* 동관(潼關): 중국 섬서성 동쪽 끝에 있는 현으로, 황하 가까

이 있으며 예로부터 낙양과 장안을 이어 주는 교통 요충지였다.

* 청광(淸狂): 구속되지 않고 마음대로 행동하는 것이다. 욕심이 없고 미친 사람 비슷함. 일설에는 백치.

이 소령은 1293년(지원 30)에 지은 것이다. 당시에 작자는 진(秦)에서 낙양으로 들어가 위남(渭南)에서 객거하고 있었다. 이때 그는 호령궁 옆의 운대에서 술을 마시고 취하여 집으로 돌아가는 길에 허전함을 이기지 못해 이 곡을 지었다.

한나라의 선제는 11명의 공신을 공훈의 크고 작음에 따라 순서대로 기린각(麒麟閣)에 그려두었고, 후한의 명제는 공신 32명의 업적을 추모하기 위해 남궁의 운대(雲臺)에 초상을 그려두게 하였다. 이와 같이 운대는 부귀공명의 상징인데 작자는 주변의 황량한 풍경을 보면서 인생의 무상함과 허망함을 느끼게 되었던 것이다.

술에 취해 악부의 주렴수에게 주며

떠나가는 배를 매어두고 누가 당신을 보내리,
초야의 자태와,
구름 밖의 노랫소리를 사랑했네.
구름처럼 말아 올린 보배로운 머리,
흩어지는 빗방울 같은 비파 현 소리,
언제나 뛰어난 재주.
푸른 나무에 훈풍 불어 맑은 저녁에,
자칫 꾀꼬리 소리에도 아주 부끄러워하네.
나그네는 객사로 흩어지고,
초조(楚調)가 완성되려 할 때,
취몽에서 막 깨어나네.

醉贈樂府珠簾秀

繫行舟誰遣卿卿, 愛林下風姿, 雲外歌聲. 寶髻堆雲, 冰弦散雨, 總是才情. 恰綠樹南薰晚晴, 險些兒羞殺啼鶯. 客散郵亭, 楚調將成, 醉夢初醒.

* 경경(卿卿): 아내가 남편을 친근하게 부르는 말.
* 빙현(冰弦): 빙잠(冰蠶)의 고치를 켠 실로 만든 비파의 줄이다. 빙잠은 누에의 한 종류로 그 고치에서 켠 실은 불에도 타지 않는다고 한다.

* 험사아(險些兒): 거의. 가까스로. 자칫.
* 초조(楚調); 초나라의 곡조이며, 악부 상화가사의 하나이다.
* 우정(郵亭): 역마을의 객사(客舍)

이 소령은 1304년(대덕 8)에 지은 것이다. 당시에 작자는 강남에서 조정으로 돌아와 한림학사에 재직하고 있었다. 주렴수는 원대에 유명한 잡극배우이자 가기로서 노지와 상당히 친분이 두터웠던 사이였다. 작자는 술에 취해 이 소령을 지어 주렴수에게 주고자하였다.

가수 유혜련(劉蕙蓮)에게 주며

누가 방주(芳洲)에 혜초를 심었나?
봄이 사림(詞林)에 가득하고,
향기가 가루(歌樓)에 가득하네.
비단 부채에 미풍,
비단 치마에 초승달,
초가을을 희롱하네.
객을 좋아하는 풍류태수,
어찌하여 옥수에 배를 매어두었나.
술잔의 술은 남아있고,
취하여 검은 종이에 쓴 글은,
당연히 전두(纏頭)이리라.

贈歌者蕙蓮劉氏

問何人樹蕙芳洲, 便春滿詞林, 香滿歌樓. 紈扇微風, 羅裙纖月, 作弄新秋. 好客呵風流太守, 怎生般玉樹維舟. 樽酒遲留, 醉墨烏絲, 當得纏頭.

* 환선(紈扇): 얇은 깁으로 바른 부채.
* 섬월(纖月): 음력 초승에 떠는 가느다란 달.
* 오사(烏絲): 검은 괘지. 예전에 중국에서 사랑편지를 쓰는 데 썼다.

* 전두(纏頭): 머리에 두름. 노래하거나 춤추는 사람에게 그 재예(才藝)를 칭찬하여 상으로 주는 물건. 해웃값 또는 화대(花代)라고도 하며, 비단 같은 것을 머리에 둘러 주었기에 전두라고 한다.

이 소령은 작자가 하남로총관(河南路總管) 재임 시기에 가수 유혜련에게 주기 위해 지은 곡이다. 노지는 고위 관직에 있으면서도 주렴수 뿐만 아니라 유혜련 등 많은 청루의 여인들과도 친밀하게 지내며 함께 유흥을 즐겼음을 알 수 있다.

가수 유씨에게 주며

하얀 모래밭 푸른 대나무 사립문,
산가(山家)에 잠시 수레를 멈추고,
황혼이 되길 기다리네.
숲속의 옥 같은 나뭇가지,
등잔 앞의 금빛 실,
만족스런 좋은 술.
누가 이토록 사람의 넋을 빼놓는가,
동풍이 불어 지나가는 구름을 흩어버리네.
아름다운 보조개에 비단 치마,
살짝 웃으며 가볍게 찡그리니,
봄을 붙잡아둔 게 헛되지 않구나.

贈歌者劉氏

白沙翠竹柴門, 弭節山家, 已待黃昏. 林下瓊枝, 燈前金縷, 滿意芳樽. 誰恁地教人斷魂, 是東風吹墮行雲. 寶靨羅裙, 淺笑輕顰, 不枉留春.

이 소령은 가수 유씨에게 준 곡인데 유씨는 바로 앞 곡의 유혜련일 것이다. 미절(弭節)은 관리가 잠시 수레를 멈추어 쉬다는 뜻이고, 보엽(寶靨)은 아름다운 보조개라는 뜻이다.

양적으로 가면서 농가에서 즉흥적으로 짓다

영천에서 남쪽 양성을 향하면서,
한 농가를 만났다네,
꽃나무 가득한 봄날에.
순박한 영감 할멈,
술상을 차리고,
정성껏 맞이한다.
닭 개 나무꾼의 무릉도원 같아,
봄의 신이 그린 평화인가.
복숭아 배 무성하고,
난초 혜초 그윽한 향기,
산림의 고상한 정취.

陽翟道中田家卽事

潁川南望襄城，邂逅田家，春滿柴荊．翁媼眞淳，杯盤羅列，儘意將迎．似鷄犬樵漁武陵，被東君畵出昇平．桃李欣榮，蘭蕙芳馨，林野高情．

* 양적(陽翟): 지금의 하남성 우현(禹縣).
* 영천(潁川): 지금의 하남성 허창(許昌)
* 양(襄): 지금의 하남성 양성(襄城).

이 소령은 앞의 「한식날 신야로 가면서」 곡과 소재나 주제가 매우 비슷하다. 작자는 영천에서 남쪽 양성으로 내려오면서 여독이 쌓였든지 아니면 다른 이유로 인하여 우연히 어느 한 농가에 머무르게 되었다. 이 집의 순박하고 친절한 노부부는 거의 모든 정성을 다 쏟아 풍성한 주안상을 차려 그를 따뜻하게 환대하였다. 선량하고 성실한 주인을 보고, 편안하고 아름다운 그들의 생활에, 작자는 도연명의 「도화원기」에 표현된 생활상을 연상하면서, 자신이 마치 유토피아에 있는 듯한 환상에 빠져들었다. 마지막으로 작자는 이번 여행 도중의 만남에 대해 무한한 감탄을 발출하면서, 비록 시골의 보통 백성들 속에서 살아가고는 있지만 아름다운 품성과 순박한 정취를 잃지 않았다고 하였다.

원대 초기에 거대한 사회적 변혁을 겪은 후에 나타난 상대적인 평온이 사람들에게 휴양을 위한 일정한 조건을 제공해줌으로써 노지의 작품 속에 묘사된 것과 같은 정경이 나타나게 된 것은 충분히 이해할 수 있다. 그러나 봉건사회 속에서 이러한 상황은 극히 제한적이었다는 것을 알아야 한다. 그렇지만 바로 이러하기 때문에 다른 측면에서는 이상사회 추구에 대한 작자의 갈망을 반영하고, 현실사회에 대한 염증과 불만을 완곡하게 토로하였던 것이다. 이러한 점은 그와 도연명의 공감 속에 분명하게 나타나 있다.

전체적으로 보면 자연, 청신한 격조가 충만하고 인위적으로 조작되었다는 느낌이 전혀 없다. 모두 잘 알려진 통속적인 표현으로 특별한 전고의 운용도 없고 많은 수사적 표현도 사용하지 않았다. 이것은 작자가 시에서 추구한 숭고한 정취와 일맥상통한 것이다.

언어가 함축적이고 세련된 것도 이 소령의 중대한 특징이다. 비록 봄날의 구체적인 정경을 묘사하지는 않았지만 가득하다는 말로써 사람들에게 폭넓은 상상의 공간을 남겨주었다. 아마도 누추한 사립문 부근에 들풀과 들꽃이 가득하고, 사립문에는 나팔꽃이 가득하여, 호랑나비와 꿀벌들을 불러들이기 때문일 것이다. 즉 직접적인 표현은 없었지만 시적 운치는 가득하다.

몽강으로 가는 배에서 비를 만나

부슬부슬 빗속에 아름다운 유람선,
누가 강비(江妃)를 부르고,
산신령을 놀라게 했나.
첩첩 산중의 무수한 바위들,
자욱하게 가려진 안개,
병풍같이 펼쳐져 잘 어우러진 구름.
혜성처럼 외로운 뗏목이 되어,
바다에서 표류하며 구조되길 기다리네.
남쪽 큰 바다를 향하여,
허명을 비웃노라,
평생을 누리지 않겠다고.

濛江舟中值雨

雨霏霏畫舫亭亭, 誰喚起江妃, 驚動山靈. 萬壑千巖, 空濛霧帳, 掩映雲屛. 想猜是孤槎客星, 待遛存湖海飄零. 且向南溟, 應笑虛名, 不負平生.

* 몽강(濛江): 주강(珠江) 유역의 본류인 서강 상류 홍수하(紅水河)의 지류이다. 귀주성 귀양(貴陽)에서 발원하여 혜수현 · 나전현을 거쳐 쌍강구에 이르러 홍수하로 유입된다.
* 비비(霏霏): 부슬부슬 내리는 비나 눈발이 배고 가늚, 또는

비나 눈이 계속하여 끊이지 않는 모양.
* 정정(亭亭): 예쁘다. 빼어나다.
* 강비(江妃): 전설에 나오는 신녀의 이름이다. 한나라 유향의 『열선전』「강비이녀(江妃二女)」에 강비 두 여인이 강수와 한수 가에 나와 놀다가 정교보를 만났다는 이야기가 전한다.
* 공몽(空濛): 이슬비가 보얗게 내리거나 안개가 자욱하게 껴서 어둡침침한 모양.

이 소령은 작자가 몽강으로 배를 타고 내려가면서 도중에 비를 만나 풍랑에 휩싸이게 되었을 때 지은 곡이다. 바다에 표류하여 구조되길 기다리는 위험한 순간에 작자는 세속의 허명을 비웃으며 절대로 그것을 누리지 않겠다고 호언한다. 위급한 순간에도 침착함을 잃지 않고 명리와 부귀를 멀리하겠다는 작자의 고결한 사상이 돋보인다.

유월 보름날 밤 서호에서 돌아오며

서호를 그 무엇에 비유하랴,
서시라 했다가,
동파 같다 하네.
거문고 소리 같은 샘물,
미인의 머리 같은 푸른 산.
맑은 물결에 비친 둥근 달,
수십 곳에 떠 있는 연꽃 화선,
세 산의 높은 누각을 마주한다.
밤이 얼마나 깊었는지 물어도,
달빛 아래 너울너울 춤추는 것이,
마치 항아(姮娥)를 보는 듯 하구나.

六月望西湖夜歸, 看西湖休比誰呵, 纔說到西施, 便似了東坡. 寶瑟鳴泉, 烟鬟翠領, 玉鏡晴波. 數十處芙蓉畵舸, 對三山樓觀嵯峨. 問夜如何, 月下婆娑, 恰似姮娥.

* 망(望): 음력 15일.
* 보슬명천(寶瑟鳴泉): 졸졸 흐르는 샘물소리가 마치 아름다운 거문고 소리 같다.
* 연환취령(烟鬟翠領): 푸른 산줄기는 마치 미인의 머리카락 같다. 옷깃 령(領)자는 당연히 산봉우리 령(嶺)자라 해야 한

다.

* 옥경청파(玉鏡晴波): 호수에 비친 달이 마치 맑은 거울 같다. 옥경(玉鏡)은 둥근달은 형용하고, 청파(晴波)는 물결에 출렁이는 달빛을 가리킨다.
* 삼산(三山): 전설상의 동해에 있다는 삼신산, 즉 봉래(蓬萊)·방장(方丈)·영주(瀛洲)를 가리킨다. 여기서는 삼담인월(三潭印月)·호심정(湖心亭) 등 서호 안에 있는 작은 섬을 가리킨다.

이 소령은 여름밤 달빛 아래에서 본 서호의 아름다운 경치를 뛰어난 비유로써 묘사하였다.

전반부에서는 비교할 수 없을 정도로 아름다운 서호의 다채로운 모습을 말하면서 그것을 아름다운 서시(西施)에 비유하였다가, 다시 소탈한 소동파에 비유하기도 하였다. 후반부에서는 밤이 깊었는데도 유람선에서 달구경 하던 기녀들은 여전히 가무를 하고 있는데, 이것은 마치 월궁 속의 항아를 보는 듯이 아름다운 모습이라고 감탄하였다. 특히 마지막 3구에서는 가무에 빠져 집으로 돌아가는 것도 잊어버렸다고 하였는데, 언외에는 선경에 임한 듯한 느낌이 있다.

겨울 밤 승천선리헌에 묵으며

도사들의 노랫소리 숲속에 울려 퍼지네.
강가에서 신선을 배우며,
세속을 초탈하고 음률에 정통한 이들.
이슬을 마시고 솔잎을 먹으며,
궁성과 우성을 음미하고,
금옥(金玉)으로 음악을 연주한다.
깊은 밤 방장산 봉래산 같은 선경에,
생을 불지 말고 금을 타지 마라.
생각이 가슴 가득 해진다.
한 곡이 끝날 즈음,
온갖 소리 모두 잠긴다.

冬夜宿丞天善利軒

聽星簪送響雲林, 是江上學仙, 方外知音. 飮瀣餐松, 含宮嚼羽, 戛玉鍾金. 向方丈蓬萊夜深, 莫吹笙不用鳴琴. 思滿沖襟, 一曲將終, 萬籟俱沈.

* 성잠(星簪): 별모양의 장식이 달린 비녀이다. 여기서는 도사를 가리킨다. 도사들은 모두 머리를 말아 올려 끝을 묶고 비녀를 꽂았기 때문이다.
* 방외(方外): 세속의 밖을 가리킨다. 도사들은 자신들을 방외

(方外)의 사람이라 불렀다.

* 지음(知音): 음률에 정통하다는 뜻이다.
* 음해찬송(飲瀣餐松): 이슬을 마시고 솔잎을 먹는다는 뜻이다. 『장자』의 "오곡을 먹지 않고 바람을 들이쉬고 이슬을 마시며 비룡을 타고 사해의 밖을 돌아다닌다"는 뜻이다. 도사들이 낭송할 때의 가사가 탈속적이고 청아하다는 것을 가리킨다.
* 함궁작우(含宮嚼羽): 궁(宮)과 우(羽)는 각각 오음 중의 두 음이다. 환담(桓譚)의 『신론(新論)』에서는 "우성(羽聲)을 들으면 깊이 생각하고 멀리 근심하지 않은 자가 없고, 궁성(宮聲)을 들으면 윤택이 나고 온화하지 않은 자가 없다."라고 하였다. 낭송할 때 곡조의 심원하고 광활한 특색을 설명한 것이다. 또 고인들은 오음을 사계절에 대응시켰는데, 봄은 각(角), 여름은 치(徵), 가을은 상(商), 겨울은 우(羽), 궁(宮)은 중앙에 두었다."(『신론』) 이에 의하면 이 곡에서의 우(羽)는 제목 중의 겨울(冬)과 서로 부합한다.
* 알옥종금(戛玉鍾金): 알옥(戛玉)은 옥석을 두드린다는 뜻이고, 종금(鍾金)은 종과 박(鎛)을 모은다는 뜻이다.

승천선리헌(丞天善利軒)에 대해서는 자세히 알 수 없다. 그러나 전체적인 내용에서 볼 때 도교의 사원인 것 같다. 어느 겨울밤 시인이 강가의 도교사원에 투숙하였는데 그때 도사들은 한창 기도 중이었다. 아름답고 그윽한 노랫소리, 맑고 깨끗한 악기소리, 아득한 강물을 타고 퍼져나간다. 이에 깊이 도취된

시인은 세속을 초탈하여 신선이 되어 하늘로 올라가는 상상을 자신도 모르는 사이에 하게 되었던 것이다.

이 곡의 전반부에서는 주로 음악의 특색에 대해 묘사하였다. 먼저 신선을 본받고 음률에 정통한 도사들이 강가에서 기도를 드리고 있는데 아름다운 음악소리가 사방으로 울려 퍼진다고 한 다음, 다시 음악의 자연스럽고 조화로우며 청아한 특징을 집중적이고 생동적으로 개괄하였다. 이것은 바로 도교음악의 주요 특징이다.

후반부에서는 음악을 들은 후에 느낀 작자의 감상을 묘사하였다. 방장산과 봉래산의 선경과 같은 야경을 보고 마음속에 세속을 초탈하려는 생각이 충만해졌다. 이때는 더 이상 생황이나 금(琴)을 연주할 필요가 없다. 왜냐하면 생황과 금의 소리가 모두 세속의 속악이기 때문이다. 그리고 곡이 끝나자 사람은 보이지 않고 주변에 경치만 고요하게 남아있다. 여기에서 음악이 끝남에 따라 마음속의 가상도 그와 함께 소멸되고 시선은 다시 온갖 소리 가득한 현실 속으로 되돌아와 무한한 감개와 실망감을 느낀다. 여기에는 세속에 있는 시인의 이해 못할 심정이 반영되어 있다.

현실사회의 복잡한 모순과 전통 사상문화의 거대한 영향으로 중국 봉건 지식인들은 일반적으로 적극적 현실참여와 소극적 현실도피라는 이중적 모순 심리를 가지게 되었다. 전자는 외형적이면서 유가적이고, 후자는 내면적이면서 도가적이다. 이것이 바로 이른바 외유내도(外儒內道)라는 사상과 인격 양식이다. 이 소령에서는 노지의 이러한 심리를 비교적 선명하게 나타내었고, 그의 내면세계에 존재하는 도(道)의 한 단면을 펼쳐내었다. 이러한 관점으로 보아야만 이 소령의 의미를 깊이 체득할 수 있다.

예술적으로 성공을 거둔 곳은 의경(意境)과 내용의 풍부성·구성의 집중성에서 두드러지게 표현되었다. 이 곡에 나타난 도가사상은 심원하고 현묘하며 초탈적인 의경은 다양한 이미지로 창조되었다. 첫째는 당연히 음악에 나타난 도교색채가 풍부한 종교적 분위기이다. 음악 자체는 사람들의 상상을 움직이기 아주 쉽지만, 도교의 금옥으로 연주하는 선악(仙樂)은 사람들을 사해 밖의 선경으로 데려갈 수 있다. 이것은 또한 민간음악이나 불교음악과 크게 다른 점이기도 하다.

그 다음은 계절 시간의 환경적 분위기이다. 겨울의 한랭함은 사람들을 차가움에서 고요함을 느끼게 하고, 고요함에서 도에 대한 깨달음을 불러일으키게 한다. 어두운 밤에 신비한 현묘한 생각을 나게 하고, 현묘한 생각은 바로 도에 대한 추구이다. 이 곡에서는 청각뿐만 아니라 시각·촉각·생각 등에서 다양하게 예술적 소재를 취하여, 초탈·표일·오묘함의 모든 예술 경계를 창조하였다.

경정산에서 정태초 헌사와 작별하면서 지어주다

햇살에 비친 절벽위의 외로운 소나무,
훌륭한 인재가 양성되길 기다렸다가,
봄에 만물이 잘 자라도록 하네.
꿈속의 짧은 노래는 끝나가는데,
차가운 서리가 나무에 떨어지고,
세모에 강은 텅 비었네.
잠시 한단으로 가는 길을 말하지 말고,
내 시를 들으며 날아가는 기러기를 전송하게나.
봄날에 뱃머리를 돌려도,
올바른 손권과 유비처럼,
공무를 해치지 않으리라.

敬亭贈別丁太初憲使

映蒼崖磊砢孤松, 待樹蕙滋蘭, 分付春工. 夢短歌殘, 霜寒木落, 歲晩江空. 且莫說邯鄲道中, 聽吾詩目送飛鴻. 歸棹春容, 政爾孫劉, 未害爲公.

* 경정(敬亭): 경정산(敬亭山). 안휘성 남동부 선주시(宣州市) 북부에 있다. 앞의 주해 참고.
* 헌사(憲使): 원대에 지방에서 형사소송을 담당한 지방장관으로 소속 주현(州縣) 관원들의 탄핵권도 가지고 있었다.
* 수혜자란(樹蕙滋蘭): 혜초와 난초를 배양하다. 훌륭한 성품

을 가진 인재를 양성하다는 뜻의 비유로 사용된다.
* 춘공(春工): 봄에 만물이 잘 자라도록 하다.

이 소령은 작자가 경정산에서 정태초와 이별하며 지어준 곡이다. 당시에 정태초는 형법을 집행하는 지방장관인 헌사(憲使)로서 한단의 임지로 갈 예정이었는데 날씨가 너무 추운 겨울이라 잠시 쉬었다가 따뜻한 봄에 가기를 권하고 있다.

태초가 보내준 차운에 다시 화답하며

시를 논하는 사람은 오송강을 잘라왔다고 하는데,
외로운 구름에 날아가는 새 떼와 더불어,
조탁한 시구는 누구의 기술인가!.
재명(齋名)에 한번 웃고,
삼생(三生)은 지나간 꿈이라,
그리움이 봄 하늘에 가득하네.
오늘 봄바람 속의 좌중을 생각하면서,
두 통의 편지에 신사(新詞)를 부치네.
산의 모습을 놀라 움직이게 하고,
강의 소리를 불러일으킴은,
누가 공만 하겠는가.

太初次韻見寄復和以答

論詩家剪取吳淞, 與衆鳥孤雲, 琢句誰工. 一笑齋名, 三生舊夢, 思滿春空. 算今日東風座中, 寄新詞兩度鱗鴻. 驚動山容, 喚起江聲, 誰更如公.

* 오송(吳淞): 강소성 동부, 황포강 어귀에 있는 상해의 항구. 장강삼각주 평원의 꼭대기 부분에 해당한다. 오송강은 지금의 소주하(蘇州河)로 상해에서 황포강과 합류된다.
* 인홍(鱗鴻): 물고기와 기러기. 서신 · 편지의 대칭.

이 소령은 작자가 앞서 정태초와 이별하면서 보내준 곡에 정태초가 차운하여 지은 곡을 보내오자 거기에 다시 화답한 것이다. 산과 강을 놀라게 할 정도로 뛰어나다고 정태초의 문장을 칭송하여 두 사람의 친밀한 관계를 잘 표현하고 있다.

첫 구에서 오송강을 잘라왔다는 말은 두보의 시 「왕재가 그린 산수도에 장난삼아 시를 짓다(戱題王宰畫山水圖歌)」에서 차용한 것이다. 두보는 그 시에서 "어떻게 병주의 잘 드는 칼을 구하여, 오송강의 절반을 저렇게 베어왔을까(焉得幷州快剪刀, 剪取吳淞半江水)"라고 하였는데, 그림을 실물처럼 너무 잘 그려 마치 오송강을 잘라서 가져와서 붙였다는 의미로 사용하였다. 여기서는 작자가 정태초의 문장 표현이 너무 아름답게 잘 묘사되었다는 말을 비유적으로 표현한 것이다.

정월 십사일 혜추산 생일에

생각하면 춘성(春星)이 태어난 오늘 아침,
어찌하여 오히려 추산(秋山)에서,
매화나무에 진을 치고 소나무에 깃드는가.
장자를 비웃으며,
황금빛 비단처럼 펼쳐진 안개가 흩어지는데,
술을 진심으로 벗한다.
비경(飛瓊)의 노래에는 퉁소가 알맞으니,
마고(麻姑)처럼 가려운 곳을 긁어줄 수 있으리.
멀리 있는 나그네,
일각이 천금이라,
바로 정월 대보름날 밤이구나.

正月十四日嵇秋山生日

記春星初度今朝, 甚却在秋山, 梅陣松巢. 笑掩蒙莊, 金紗霧散, 玉友神交. 飛瓊唱偏宜洞簫, 似麻姑癢處能搔. 有客超搖, 一刻千金, 最是燈宵.

* 초도(初度): 출생한 때, 생일. 첫 번.
* 몽장(蒙莊) : 장자(莊子). 몽현(蒙縣) 사람이기 때문에 몽장이라고도 한다.
* 옥우(玉友): 술은 잘만 마시면 마음의 벗이 되기도 한다. 그

래서 옥우라고도 하고 그 만큼 소중하니까 금화(金花)라고도 했다.

* 비경(飛瓊): 고대의 여신으로 절세가인이라 한다. 서왕모의 시녀이다.
* 마고(麻姑): 중국의 옛적 선녀의 이름 한나라 환제(桓帝) 때에 고여산(姑餘山)에서 수도하였는데, 길고 새 발톱처럼 생긴 손톱으로 가려운 데를 긁어 주면 한없이 시원하였다 한다.

이 소령은 혜추산의 생일에 지어준 곡인데 혜추산이 누구인지는 기록이 없어 자세히 알 수 없다.

가호암루에 머물면서 즉흥적으로 짓다

이 선생은 구름과 더불어 한가하게,
오로지 홀로 누각에 머물면서,
산과 계곡을 마음대로 주무르네.
나그네 참된 곳을 찾아,
수풀 끝에서 말고삐를 풀고,
눈이 올듯하여 난간에 기대네.
죽엽주가 그리워 사람이 나른해지고,
매화를 함께하며 봄추위를 비웃는다.
조용하고 한가한 마음으로,
신곡을 부르는,
어린 계집종이여.

賈皓庵樓居卽事

這先生會與雲閑, 偏獨自樓居, 攬斷溪山. 客子尋眞, 林端稅駕, 雪意憑闌. 想竹葉知人病懶, 共梅花笑倒春寒. 蕭散襟顔, 辦下新聲, 少箇仙鬟.

이 소령은 작자가 가호암루에 잠시 머물면서 즉흥적으로 지은 곳이다. 세마(稅駕)는 수레에 멍에 하였던 말을 풀어놓아 주는 것으로 나그네의 휴식을 일컫는 말이다.

여정경(黎正卿)의 수연에서

봄의 신에게 봄이 오는지를 물으니,
아침 구름에 노래하는 젊은 여인,
향기가 매화 같은 볼에 진동하네.
생일잔치가 열리고,
절친한 친구 손님들,
훌륭한 인물들이 집안에 가득하네.
마침 동틀 무렵 향기로운 아지랑이를 비추고,
수성(壽星)이 밝아서 삼태성(三台星)에 가까워지네.
산천을 그리워하는 마음,
아름다운 풍류,
옥처럼 상대(霜臺)를 비추네.

正卿壽席

問東君借得春來, 早雲綠歌鬟, 香動梅腮. 初度筵開, 金蘭賓友, 玉樹庭階. 恰侵曉交暉香靄, 壽星明相近三台, 林壑襟懷, 文采風流, 瓊映霜臺.

* 금란(金蘭): 금란지교(金蘭之交). 단단하기가 황금과 같고 아름답기가 난초 향기와 같은 사귐이라는 뜻으로, 두 사람 간에 서로 마음이 맞고 교분이 두터워서 아무리 어려운 일이라도 해 나갈 만큼 우정이 깊은 사귐을 이르는 말이다.

* 정계(庭階): 뜰과 계단. 집안. 문안.
* 옥수(玉樹): 아름다운 나무라는 뜻으로, 사람의 몸가짐이나 뛰어난 재능을 비유한다.
* 수성(壽星): 남극성. 노인성. 천구의 남극 부근에 있어 2월 무렵에 남쪽 지평선 가까이에 잠시 보이는 별이다. 중국의 고대 천문학에서는 사람의 수명을 맡아보는 별이라 하여 이 별을 보면 오래 산다고 믿었다.
* 삼태(三台): 삼태성(三台星). 대웅성좌(大熊星座)에 딸린 별. 자미성(紫微星)을 지킨다고 하는 세 별. 즉 상태성(上台星)·중태성(中台星)·하태성(下台星).
* 상대(霜臺): 어사대의 다른 이름. 어사대는 법률을 관장하므로 추관(秋官)에 배당하여 상(霜)이라 하였다.

이 소령은 여정경의 수연을 축하한 곡이다. 여정경은 당시에 강동도숙정염방사(江東道肅正廉訪司)에서 분사로 근무했을 것으로 추측되는 인물인데, 이 외에도 여정경과 관계되는 작품으로는 앞에서 수록한 「눈오는 날 여정경이 술자리에 초대하여 이 다섯 곡을 지어 양교교에게 노래하게 하다」 5수와 바로 다음에 나오는 「숙정 여공이 경술년 제야에 손자를 얻은 다음날 초대를 받고 이 곡을 지어 축하하다」가 있다.

숙정(肅政) 여공(黎公)이 경술년 제야에 손자를 얻은 다음날 초대를 받고 이 곡을 지어 축하하다

매화와 대나무 비치는 이웃마을에,
오늘 아침에 첫해가 시작되네,
어제 저녁에 손자를 낳았다네.
박자를 치며 손님을 초대하니,
은등잔이 밤을 비추고,
향불이 봄을 붙드네.
빨리 강동의 양반들에게 말을 전하니,
남긴 노래는 천상의 기린(麒麟)이네.
태평성대의 사람들,
시서를 준비하여,
풍운을 기다리네.

肅政黎公庚戌除夜得孫翌日見招作此以賀

映梅林修竹高鄰, 恰今旦開年, 昨晚生孫. 撫節邀賓, 銀釭照夜, 寶篆留春. 快傳語江東縉紳, 賸歌謠天上麒麟. 昭代人門, 準備詩書, 等候風雲.

* 고린(高鄰): 이웃에 대한 경칭이다.
* 무절(撫節): 박자를 치다. 탄성을 자아내다.
* 보전(寶篆): 옛날에 향을 피운다는 뜻으로 사용되었다. 향을

피울 때 올라가는 연기가 마치 전서체 같다는 의미에서 생겨난 말이다.

* 진신(縉紳): 벼슬아치. 관리.

이 소령은 1311년(원 무종 지대 4년) 1월 20일(舊曆 정월 초하루)에 작자가 여정경이 손자를 얻었다는 소식을 듣고 지은 곡이다. 여공(黎公)은 여정경이고 숙정(肅政)은 여정경의 관직이다. 여기에서 여정경이 당시에 강동도숙정염방사(江東道肅正廉訪司)를 역임했다는 것을 알 수 있다.

신해년 정월 십일 호중면의 정원을 유람하며

검은 편지지에 글 쓸 준비를 하고,
어제 저녁 봄바람에 부탁하여,
오늘 아침에 그대로 글을 지었네.
난해(蘭陔)를 읊조리는데,
향기가 죽엽에 남아있고.
옥 같은 매화꽃이 가지에서 터지네.
신곡 백설을 노래하는 아리따운 여인,
만냥의 황금 같은 일각의 봄밤.
돌아가는 길을 가르쳐주지 마라.
등불과 달빛 속에서,
아름다운 시문을 지으며 다니게.

辛亥正月十日遊胡仲勉家園

辦烏絲準備揮毫，倩昨暮東風，照綴今朝．吟斷蘭陔，香浮竹葉，玉綻梅梢．唱白雪新聲阿嬌，萬兩金一刻春宵．歸路休教，燈月光中，踏破瓊瑤．

* 오사(烏絲): 검은 괘지. 예전에 중국에서 사랑편지를 쓰는 데 썼다.
* 난해(蘭陔): 효자들이 서로 타이르며 부모를 효성스럽게 모시는 것을 비유한 말이다. 원래는 『시경』「남해(南陔)」의

모시서(毛詩序)에 따르면 남해는 효자가 서로를 경계하며 부모를 모시는 것을 노래하였으나, 그 뜻만 남고 시의 가사는 없어졌다고 하였다.

* 아교(阿嬌): 맵시 있는 여자를 이르는 말. 중국 한나라의 무제가 반한 미인의 이름에서 유래한다.
* 답파(踏破): 먼 길이나 험한 길을 끝까지 걸어 나간다는 뜻이다. 파(破)는 조사이다.

이 소령은 1311년(지대 4년) 1월 19일에 호중면의 집에 갔다가 아름다운 정원을 보고 감탄하여 지은 곡이다.

쌍조 수양곡

(제목 없음 1)

은촛대의 촛불,
향로의 연기,
밤이 되어 난화당에서 연회를 여네.
음악소리 멈추면 옥잔에 술을 조금 따르고,
봄바람에 아름다운 노랫소리 듣노라.

銀臺燭, 禽獸烟, 夜方闌畵堂開宴. 管絃停玉杯斟較淺, 聽春風遏雲歌遍.

* 수양곡(壽陽曲): [쌍조]에 속하는 곡패 이름으로 [낙매풍(落梅風)]이라고도 한다. 형식은 '3 · 3 · 7, 7 · 7' 이며 5구 5운 또는 4운이다.
* 금수연(禽獸烟): 짐승의 문양이 있는 향로에서 피어오르는 향불 연기를 가리킨다.

이 소령은 아름다운 봄밤에 연회를 열어 술과 노래로 흥겹게 즐기는 장면을 묘사한 곡이다.

(제목 없음 2)

금초엽주,
은악화주,
장강만큼 술을 담아왔는데 술잔이 낮고 적다.
술 취한 서생을 잠시 말에 태우지 마라,
봄바람에 옥피리 부는 소리 듣게.

金蕉葉, 銀蕚花, 捲長江酒杯低亞. 醉書生且休扶上馬, 聽春風玉簫吹罷.

* 금초엽(金蕉葉): 술 또는 술잔의 이름으로 사용되고, 사패의 이름으로도 사용된다.

이 소령은 밤에 기루에서 흥에 겨워 술을 잔뜩 마시고 아쉬움이 남아 바로 가지 않고 옥피리 소리를 더 듣고 싶어하는 마음을 노래한 곡이다. 술 취한 서생은 작자 자신으로 보이며 은악화(銀蕚花)는 금초엽과 마찬가지로 술을 한 종류인 것 같다.

(제목 없음 3)

시로 읊기도 어려운데,
어떻게 그림으로 그리겠는가!
졸렬한 어옹(漁翁)이 옥색 도롱이 입고 홀로 낚시하네.
낮게 노래하며 술을 조금 마시는데 금빛휘장에 새벽이 오고,
차를 잘 끓이는 집에 정취가 있구나.

詩難詠, 畵怎描, 欠漁翁玉蓑獨釣. 低唱淺斟金帳曉, 勝烹茶党家風調.

* 즘(怎): 어떻게, 어찌.
* 흠(欠): 원래는 하품하다는 뜻인데, 여기서는 모자라다, 어리석다는 뜻으로 사용되었다.

이 소령은 한적한 어촌에서 낮에는 홀로 낚시하고 밤에는 술과 노래로 인생을 즐기는 늙은 어부의 유유자적한 삶을 노래한 곡이다. 눈앞에 펼쳐진 아름다운 풍경은 시로도 묘사하기 어려워 그림으로 그리기는 엄두도 못 낼 정도이다. 이렇게 그림 같은 자연 속에 도롱이 입고 홀로 낚시하는 어부의 모습에서 현실의 모든 이욕을 벗어난 초연함을 읽을 수 있다.

(제목 없음 4)

쌓여있는 강주의 술
맛이 더욱 좋아,
짧은 봄밤은 예나 지금이나 무한히 소중하다.
지난 약속 굳게 지켜 버드나무 아래 말을 매어두고,
푸른 비단 창 아래에서 봄바람에 취하네.

攢江酒, 味轉佳, 刻春宵古今無價. 約尋盟綠楊中閑繫馬, 醉春風碧紗窗下.

* 강주(江酒): 강주(江州, 지금의 강서성 구강)에서 생산되는 술을 말한다.
* 무가(無價): 값을 매길 수 없을 정도로 귀중하다.
* 심맹(尋盟): 맹약을 돈독히 하다. 돈독한 약속.
* 벽사창(碧紗窗): 푸른 색 얇은 비단을 바른 창문으로 여인의 침실을 의미한다.

이 소령은 어느 봄날 사랑하는 여인과 밤에 밀회를 약속한 다음 맛있는 술을 가지고 그녀와 만나기로 한 장소로 가서 사랑을 속삭이는 장면을 노래한 곡이다.

주렴수와 이별하며

이제 겨우 즐거웠는데,
하루아침에 이별이라,
헤어지기 아쉬워 괴로워하네.
화선이 봄마저 싣고서 떠나가자,
강 가운덴 쓸쓸히 명월만 남았어라.

別珠簾秀

纔歡悅, 早間別, 痛煞煞好難割捨. 畵船兒載將春去也, 空留下半江明月.

* 통살살(痛煞煞): 『요산당외기』에는 '통살엄(痛殺俺)' 이라 되어있다.

이 소령은 1304년(대덕 8년) 작자가 조정으로 돌아와 한림학사에 재직하고 있을 시기에 유명한 여배우 주렴수에게 준 송별의 노래이다.

당시에 주렴수는 많은 원곡작가들과 폭넓게 교류하였다. 위대한 희곡작가 관한경은 명작 [남려] <일지화> 「주렴수에게 주며(贈珠簾秀)」에서 반복영창과 기묘한 쌍관어의 운용, 적절한 비유와 동음의 운용을 통하여 주렴수의 아름다움을 형상적으로 부각시켰다. 풍자진의 <자고천>, 호지휼의 <침취동풍>은 모두 주렴수의 다정한 미모를 세밀하게 묘사한 것이다.

노지의 이 소령은 내용은 물론이고, 예술기법 면에서도 위에서 언급한 작품들과는 큰 차이를 보이고 있다. 작자는 송별할 때의 절실한 느낌을 세밀하게 묘사하였다. 즉 두 사람은 마음이 서로 통하였으나 이별할 때서야 비로소 헤어지기 아쉬운 감정을 느꼈다. 주렴수가 화선(畵船)을 타고 떠나려 할 때, 작자는 두터운 정의를 품고서 전송하러 강가에 나왔다. 이런 갑작스런 이별에 임하여 마음이 잘 맞는 두 친구는 자연히 더욱 고통과 슬픔을 느꼈을 것이다. 여기에서 주렴수가 노지에게 답곡으로 지어준 [쌍조] <수양곡> 「노지에게 답하며(答盧疏齋)」를 살펴보면 다음과 같다.

山無數	무수히 이어진 산
烟萬縷	만갈래 피어나는 안개
憔悴殺玉堂人物	아주 초췌한 옥당의 인물(노지)
倚篷窗一身兒活受苦	선창에 기대어 괴로워하며
恨不得隨大江東去	강물따라 동으로 못감을 한탄한다

아득히 보이는 산, 맑고 깨끗한 강물, 주렴수는 멀리 떨어진 화선에서 선창에 기대어 굽이굽이 이어진 산들을 바라보면서 부연 안개를 마주하고 있다. 마치 강가에 전송 나온 친구가 여전히 배회하며 떠나지 못하는 것을 보고 있는 듯 하다. 이러한 서정과 서경은 나그네에게 거의 살고 싶지 않을 정도로 고통을 준다.

밤에 그리움에 젖어

제1수

창문 틈새 달빛,
처마 아래 풍경(風磬),
이러한 처량함을 누구에게 말할꼬?
등잔 심지 올려서 마음을 쓰려다,
긴 한숨으로 등불을 꺼버렸네.

夜憶

窗間月, 簷外鐵, 這凄凉對誰分說. 剔銀燈欲將心事寫, 長吁氣把燈吹滅.

* 첨외철(簷外鐵): 처마 밖에 매달린 풍경(風磬)을 말한다.
* 척은등(剔銀燈): 은등잔의 심지를 쑤셔서 올린다는 뜻이다.

<수양곡> 「밤에 그리움에 젖어」 4수는 여인의 이별과 그리움의 고통을 묘사한 것으로 그 내용이 모두 연결되어 있다.

이 소령은 그 중 제1수로 쓸쓸하고 적막한 밤에 멀리 있는 님을 그리워하는 여인의 괴로운 심정을 묘사하였다. 먼저 이

곡이 서두에서 작자는 처량한 분위기로 주변 풍경을 물들였다. 달빛이 창문틈새로 들어오지만 외롭고 허전한 여인의 마음속에는 암담하고 처량한 느낌뿐이다. 창문 밖 처마에 매달린 풍경소리는 원래 은은하고 운치있는 소리인데, 님 그리는 여인에게는 쓸쓸하고 슬픈 느낌으로 들려온다. 환경적 처량함과 정서적 처량함이라는 이중적 처량함이 그녀를 잔혹하게 괴롭히지만 어디가서 하소연할 데도 없다.

후반부에서는 여인의 침통한 심정으로 등잔의 심지를 올려 불을 밝히고 멀리 있는 님에게 편지를 쓰려고 한다. 그러나 채 써내려가기도 전에 길게 내뿜는 한숨소리에 그만 등불이 꺼져 버린다. 등잔의 심지를 올린다는 것은 심지가 거의 다 타버렸다는 것으로 밤이 깊었음을 의미한다. 이 곡은 마치원의 [쌍조] <수양곡> 「구름에 가려진 달(雲籠月)」과 절반이 같다.

제2수

등잔불 다 타갈 때,
사람은 잠들어,
쓸쓸히 창가에 달빛만 남았어라.
홀로 자는 이 마음 쇠처럼 참고 견뎌도,
이토록 쓸쓸한데 어찌 이 밤을 지새울까?

燈將殘, 人睡也, 空留得半窗明月. 孤眠心硬熬渾似鐵, 這凄凉怎捱今夜.

* 반창(半窗): 창문의 반쪽.
* 심경(心硬): 감동을 받고 연민이나 동정을 느끼기가 쉽지 않다. 냉정하다. 무정하다.
* 혼사(渾似): 완전히 … 같다.

이 소령은 <수양곡> 「밤에 그리움에 젖어」의 제2수로 독수공방하는 여주인공의 괴로운 모습이 묘사되어 있다. 이 곡의 전반부에서는 먼저 밤이 깊어 등잔의 심지도 거의 다 타고 등잔의 기름도 다되어 가서야 잠이 든다는 것을 말하였다. 그러나 사랑하는 님은 곁에 없고 쓸쓸히 창가에 달빛만 반쯤 남아

있다. 반창명월(半窗明月)은 달이 서쪽으로 기울어 달빛이 비스듬히 비추자 창문사이로 들어오는 달빛이 절반밖에 안 된다는 뜻이다. 이는 시간이 오래 지났다는 것을 설명해준다.

후반부는 홀로 잠드는 자신을 무쇠처럼 단단히 마음먹고 참아보려 애쓰지만 절대 그렇게 할 수 없었다는 말이다. 결코 그렇게 할 수는 없었기에, 이 처량함으로 어떻게 오늘밤을 지샐까라고 하여, 여인이 억지로 참는 것이 어찌할 수 없는 상황임을 암시하였다. 오늘밤의 쓸쓸함을 견딜 수 없어 외로운 고통이 언외에 흘러넘친다.

제3수

등잔불 꺼지려 할 때,
사람은 잠이 들지만,
창틈사이로 새벽달이 수심에 찬 이를 비춘다.
다정하던 그님이 쇠처럼 이렇게 냉정해져,
아름다운 시절들을 저버리다니.

燈將滅, 人睡些, 照離愁半窗殘月. 多情直恁的心似鐵, 辜負了好天良夜.

* 직임(直恁): 결국 이렇게, 이처럼.

이 소령은 <수양곡> 「밤에 그리움에 젖어」의 제3수로 그리운 님에 대한 여주인공의 가슴에 맺힌 한을 묘사한 것이다. 이 곡의 전반부에서 여주인공은 등잔의 기름이 다 타서 불이 꺼지려 하는데 침대에 누워도 잠이 오지 않아 창문 틈새로 비스듬히 비추는 달빛을 말똥말똥 바라본다. 이 곡은 시간적으로는 거의 새벽에 가깝다. 잔월(殘月)은 고대시가에서 항상 새벽을 나타내기 때문이다. 그러나 그님은 쇠처럼 무정해져 그녀와의 아름다운 로맨스를 돌아보지 않는다.

제4수

등불 아래 쓴 편지,
님에게 부치나니,
거기에 우리 둘의 마음을 담았어라.
당신이 날 만나러 한번 찾아오는 게,
꿈속에서 여러 번 만남보다 낫다오.

燈下詞, 寄與伊, 都道是二人心事. 是必你來會一遭兒, 抵多少夢中景致.

이 소령은 <수양곡> 「밤에 그리움에 젖어」의 제4수로 여주인공이 써내려간 그리움의 정을 님에게 부치면서 마음속의 사람에 대한 소망을 말한 것이다. 전반부에서는 등불 아래에서 두 사람의 그리움과 사랑의 이야기를 담은 편지를 써서 님에게 부친다는 것이다. 심사(心事)는 내심의 비밀이자 그리움의 고통으로 제1수의 심사(心事)와 호응한다. 후반부에서는 그리움이 깊어지면서 그녀에게 현실에서 한 번 만남이 꿈속에서 여러 번 만남보다 낫다는 탄식을 토로하였다. 꿈속에서의 행복한 만남은 아무리 많더라도 결국 그것은 허상일 뿐이기 때문이다.

쌍조 상비원

서호
西湖

제1수

서호의 산색은 언제 아름다울까?
바로 초봄에 보슬비 내릴 때,
봄바람이 나른하게 봄을 재촉하네.
푸르게 흩날리는 수양버들과,
몰래 연지 바른 해당화를 탓한다.
찌푸린 눈썹 같은 오산을 버려두고,
싫증난 전당강에서 시를 지으니,
마치 질투하는 서시 같아라.

西湖

湖山佳處那些兒, 恰到輕寒微雨時, 東風懶倦催春事. 嗔垂楊裊綠絲, 海棠花偷抹胭脂. 任吳岫眉尖恨, 厭錢塘江上詞, 是箇妒色的西施.

* 상비원(湘妃怨): [쌍조]에 속하는 곡패의 이름으로 <능파선(凌波仙)> · <능파곡(凌波曲)> · <풍이곡(馮夷曲)> · <수선자(水仙子)>라고도 한다. 형식은 '7 · 7 · 7, 5 · 6, 3 · 3 · 4'이며 8구 7운이다. 제6구에는 압운을 하지 않는다. 마지막 3구의 형식은 비교적 자유로운 편이어서 '5 · 5 · 4', '6 · 6 · 4', '7 · 7 · 4', '7 · 7 · 7' 등도 모두 가능하다.
* 오수(吳岫): 오산(吳山). 서호의 동남쪽에 있다. 춘추시기 오나라의 남쪽 경계였기 때문에 오산이라 불렀다. 속칭 성황산(城隍山)이라고도 한다. 왼쪽으로는 전단강을, 오른쪽으로는 서호를 끼고 있는 항주의 명승지 중의 하나이다.
* 미첨한(眉尖恨): 푸르른 산색이 마치 원망으로 눈살을 찌푸린 여인 같다는 것을 형용하였다. 고대 여인들은 푸른 물감으로 눈썹을 그렸기 때문에 그것으로 산색에 비유하였다.

이 소령은 서호의 봄을 묘사한 곡이다. 새싹이 파릇파릇 돋아나는 이른 봄에 따뜻한 바람이 살랑살랑 불고, 수양버들과 해당화가 피어나는 정경을 마치 질투하는 서시에 비유하였다.

노지는 "서호를 서시에 비유한다면, 옅은 화장도 짙은 분칠도 모두 다 어울리네.(欲把西湖比西子, 淡妝濃抹叢相宜)" 라고 한 소동파의 시상을 운용하여 서호의 춘하추동 사계절 경치를 서시에 비유하였다. 여기에는 자연미에 대한 작자의 세밀한 관찰과 깊은 인식, 참신한 예술 표현력이 잘 나타나 있다. 마치원은 이 소령에 화답하여 「노소재의 서호에 화답하며(盧疏齋西湖)」 4수를 지었다.

제2수

주렴으로 장식한 유람선의 그녀,
연꽃 향 그윽한 숲 속에 비 그칠 제,
술자리서 다재다능 가무를 펼치니.
선녀 운영(雲英)과 경수(瓊樹)인 듯,
변화무쌍한 물빛과 산색을 보면서.
향기롭고 부드러운 조개회를 썰고,
빨갛게 익은 신선한 여지를 자른다.
손님을 좋아하는 서시 같아라.

朱簾畫舫那人兒, 林影荷香雨霽時, 樽前歌舞多才思. 紫雲英瓊樹枝, 對波光山色參差. 切香脆江瑤膾, 擘輕紅新荔枝, 是箇好客的西施.

* 주렴화방(朱簾畫舫): 아름답게 장식한 유람선
* 나인아(那人兒): 사랑하는 사람을 일컫는 말로, 보통 여자를 가리킨다.
* 자운영경수지(紫雲英瓊樹枝): 전설상의 선녀 운영(雲英)은 서생 배항(裴航)과 부부가 되어 함께 신선이 되었다. 위(魏) 문제 조비에게는 막경수(莫瓊樹)라는 총애하는 궁녀가 있었는데, 매미 날개처럼 하늘거렸다. 여기서는 가기(歌妓)를 가리킨다. 또한 호수가의 기이한 꽃과 나무를 형용한 것으로도

볼 수 있다.

* 강요회(江瑤膾): 살조개를 회로 썬 요리. 즉 살조개회. 강요(江瑤)는 살조개.

이 소령은 서호의 여름풍경을 묘사한 것이다. 연꽃이 가득 핀 서호에 아름답게 장식한 유람선을 타고 멋진 가무를 펼친다. 이렇게 아름다운 모습을 보고 지나칠 사람은 아무도 없을 것이다. 이때의 서호는 마치 손님을 좋아하여 끌어들이는 서시 같다고 비유하였다. 이 곡에서는 여름을 직접적으로 표현하지 않았지만 연꽃 향기와 조개회, 여지 등 여름을 상징하는 이미지로써 계절이 여름임을 충분히 나타내었다.

제3수

소제(蘇堤)에 채찍 그림자 반쯤 드리워지면,
언제나 오산(吳山)에 달 떠 오를 때 생각하며,
쉬엄쉬엄 비래봉의 영은사를 찾아가네.
냉천정(冷泉亭)에서 시를 읊지 않을 수 없어,
굽이굽이 산줄기의 아름다운 자태를 바라보네.
붉게 물들인 비단을 잘라 만든 듯한 단풍,
맑은 향기 날리는 계수나무 꽃,
다방면으로 아름다운 서시 같아라.

蘇隄鞭影半痕兒, 常記吳山月上時, 閑尋靈鷲西巖寺. 冷泉亭偏費詩, 看烟鬟塵外丰姿. 染絳綃裁霜葉, 釀淸香飄桂子, 是箇百巧的西施.

* 소제(蘇隄) : 송대 철종 원우 4년(1089)에 소동파가 항주 군수를 역임하고 있었을 때 서호의 바닥을 쳐내고 그 흙으로 제방을 쌓았다. 후세 사람들은 그것을 기념하기 위하여 그 제방의 이름을 소공제(蘇公堤), 간단히 줄여서 소제라 하였다.
* 영취(靈鷲): 영은사 앞의 비래봉을 가리킨다. 동진 함화(咸和) 연간에 인도승려 혜리(慧理)가 항주에 와서 이 봉을 보고, “여기에 천축국 영취산의 작은 줄기가, 언제 날아왔는지

모르겠다.(此中天竺國靈鷲山之小嶺, 不知何年飛來)" 라고 경탄한데서 비래봉이란 이름이 유래되었다.

* 서암사(西巖寺): 바로 영은사이다. 서호 서북쪽 무림산(武林山) 아래에 있으며, 인도승려 혜리가 창건한 사찰이다.
* 냉천정(冷泉亭): 영은사 앞에 있으며, 냉천이 유명하여 붙여진 이름이다.
* 편비시(偏費詩): 시를 읊는 것이 가장 중요하다. 경치가 너무 아름다워 시를 읊지 않으면 안된다는 뜻이다.
* 연환(烟鬟): 굽이굽이 흐르는 산줄기를 형용한 것으로, 여인의 머리카락을 가리킨다.
* 진외봉자(塵外丰姿): 출중한 자태.
* 염강초재상엽(染絳綃裁霜葉): 불같이 붉은 단풍이 마치 붉게 물들인 비단을 잘라서 만들어 놓은 듯하다.
* 계자(桂子): 계수나무 꽃. 전설에 의하면, 영은사 부근에는 항상 달 속의 계수나무 꽃이 떨어졌다고 한다.

이 소령은 서호의 가을 풍경을 묘사한 것이다. 여기서는 서호의 대표적인 명소인 소제 · 비래봉 · 영은사 · 냉천정과 눈앞에 보이는 산줄기로써 그 아름다움을 충분히 묘사하고, 다시 단풍과 계수나무 꽃으로서 가을 분위기를 물씬 풍기게 하였다. 이렇게 아름다운 서호의 가을풍경을 작자는 팔방미인 서시에 비유하였다.

제4수

눈 그친 뒤 매화나무 가지에 걸린 초승달,
물방울 흩어진 부연 호숫가에 눈 내릴 제,
아침 되어 백옥 같은 정자 앞의 나무.
백로 같은 도롱이 걸친 어부의 모습,
무대를 비추는 맑은 달의 자태.
누가 범려를 고민하게 하였기에,
양쪽 귀밑에 흰머리 더 나게 하였나,
맑고 깨끗한 서시 같아라.

梅梢雪霽月芽兒, 點破湖烟雪落時, 朝來亭樹瓊瑤似. 笑漁蓑學鷺鷥, 照歌臺玉鏡冰姿. 誰僝僽鴟夷子, 也新添兩鬢絲, 是箇淡淨的西施.

* 월아아(月芽兒): 초승달, 신월(新月). 월아(月牙)라고도 한다.
* 경요(瓊瑤): 백옥 같다. 눈을 비유함.
* 소어사학노사(笑漁蓑學鷺鷥): 어부의 도롱이 위에 눈이 쌓여 마치 고기 잡는 백로 같다는 것을 가리킨다.
* 치이자(鴟夷子): 범려(范蠡)를 가리킨다. 그는 월왕 구천을 위해 계책을 수립하고, 각고의 노력으로 부국강병을 도모하여, 마침내 오나라를 멸망시켰다. 공을 세운 뒤에 그는 물러나서 제나라로 떠나 이름을 치이자피(鴟夷子皮)로 고쳤다.

(치이는 술을 담는 가죽 주머니) 전설에 의하면 서시도 그를 따라갔다고 한다. 여기서는 서시에서 범려를 연상하여, 사람의 양쪽 귀밑머리가 희끗희끗해진 것으로써 호수산에 눈이 쌓인 것을 형용하였다.

* 잔추(僝僽): 번뇌, 초췌.

이 소령은 서호의 겨울 풍경을 묘사한 것이다. 겨울이 되어 눈이 내려 온통 하얀 설국의 정원이 된 서호에 어부가 도롱이를 걸치고 마치 백로처럼 몸을 구부려 낚시를 드리우고 있다. 그런데 작자는 후반부에서 갑자기 고뇌에 찬 범려를 등장시켰다. 오나라 부차에게 회계산에서 패하여 치욕을 당한 월나라의 장래를 고민하느라 범려는 얼굴이 수척해지고 머리가 희끗희끗해졌다. 그리고 결국 범려는 구천을 와신상담하게 하여 치욕의 원한을 갚게 하고 자신은 서시와 함께 태호로 떠났다. 전반부에 보이는 어부의 초연한 형상과 후반부에 나타난 범려의 고뇌에 찬 모습은 매우 대조적이다. 작자는 현실 정치에 직접 몸담고 있었기 때문에 현실을 벗어나고자 해도 벗어날 수 없는 상황에서 한편으로는 현실을 고민하고, 다른 한편으로는 현실을 초탈하고 싶은 여망을 안고 있었다. 그러나 마지막에서 찬탄한 맑고 깨끗한 서시의 모습은 결국 그가 닮고 싶은 자신의 초연한 마음의 경지일 것이다.

쌍조 전전환

(제목 없음 1)

수양공주의 매화장을 하였는데,
다시 난초에 부드러운 향기를 빌릴 필요 있을까,
옥비(玉妃)는 비단 휘장에서 잠들지 않네.
달빛 비치는 집의 구름에 가려진 창문,
앞마을도 멀고 역로도 멀어,
한없이 실망하겠지.
꽃에 별 탈 없는지 누구에게 물어볼까?
봄 근심에 새벽 꿈,
어떤 사내를 말릴까.

壽陽粧, 更何須蘭被借溫芳, 玉妃不臥鮫綃帳. 月戶雲窗, 前村遠驛路長, 空惆悵, 憑誰問花無恙. 被春愁曉夢, 瘦損何郞.

* 전전환(殿前歡): [쌍조]에 속하는 곡패 이름이다. <봉장추(鳳將雛)> · <연인추(燕引雛)> · <소부해아(小婦孩兒)> · <소봉손아(小鳳孫兒)>라고도 한다.
  형식은 '3 · 7 · 7, 4 · 5 · 3 · 5, 4 · 4(또는 3 · 3)' 으로 모두 9구 8운이다. 제8구에는 압운하지 않고, 마지막 2구는

회문(回文)으로 하거나 대구로 한다.

* 수양공주(壽陽公主): 남조 송(宋) 무제의 딸로 수창공주(壽昌公主)라고도 한다.
* 옥비(玉妃): 옥 같이 어여쁜 후궁. 양귀비. 매화의 별칭.
* 교초(鮫綃): 인어가 가졌다는 비단.

이 소령은 자기를 찾아줄 남자를 기다리는 청루 여인의 애틋한 심정을 묘사한 곡이다. 매화장으로 예쁘게 꽃단장하고 남자를 기다리지만 그이는 길이 멀어 오지 못하고 있다. 그러나 마지막에서는 어떤 남자든 찾아만 준다면 반드시 자기의 품을 못 벗어나게 하고 말겠다는 강한 기대감을 표하고 있다.

매화장은 남조시대 송나라의 수양공주로 인해 유행한 일종의 화장법이다. 어느 날 수양주가 합장전(合章殿) 처마 아래에서 잠을 자는데, 매화가 공주의 이마에 떨어져 오출화(五出花)를 이루었다. 이에 공주가 깨어나니 이마에 가득한 매화 향기와 꽃잎 때문에 매화처럼 아름답게 보였다. 당시에 궁녀들은 이것을 다투어 흉내 내어 매화 꽃잎을 미간에 붙였는데 이것을 매화장(梅花妝)이라 불렀다. 이 화장법은 당대에 특히 성행하였다고 한다. 송대에는 또 다른 새로운 양식으로 얼굴 및 몸에 치장을 하였고, 눈가에 눈물을 흘린 것 마냥 치장을 하는 것을 누장(淚妝)이라 하였다.

(제목 없음 2)

온갖 꽃이 만발하고,
나른한 봄빛이 하늘의 채색 구름을 비추는데,
어리석게도 삼생이 꿈같다는 것을 이해하지 못하네.
애교 넘치는 한줌의 봄바람 같은 여인,
노랫소리 옆으로 웃음소리 속으로,
추파를 보내며,
약속대로 만나니 꽃다운 마음이 움직이네.
꾀꼬리 소리에 연정이 머무는데,
강 위로 기러기 돌아가네.

萬花叢, 殢韶光肯放彩雲空, 癡騃騃未解三生夢. 嬌滴滴一捻春風, 歌喉邊笑語中, 秋波送, 依約見芳心動. 被啼鶯戀住, 江上歸鴻.

* 소광(韶光): 봄 경치. 춘광(春光).
* 치애애(癡騃騃): 어리석다. 멍청하다.
* 삼생(三生): 불교에서 말하는 삼세전생(三世轉生)을 가리키는 것으로서, 전생(前生) · 현생(現生) · 후생(後生), 혹은 전생 · 이승 · 저승을 의미한다.
* 교적적(嬌滴滴): 여리고 귀여운 모양. 애교가 넘치는 모양. 연약한 모양.

* 추파(秋波): 원래는 가을에 강물에 일어나는 잔잔한 물결을 의미하는데, 후에는 여인의 눈이 가을 강물처럼 맑고 아름답다는 뜻으로 사용되었다. 여기에서 여인이 남자에게 보내는 은근한 마음의 눈길이란 뜻이 파생되었다.
* 방심(芳心): 아름다운 젊은 여자의 마음.

이 소령은 아름다운 봄날 청루 여인의 춘심을 노래한 것이다. 그녀는 삼생이 꿈같다는 이치를 모르는 세상남자들을 유혹하기 위해 애교 넘치는 눈빛으로 추파를 던진다. 그래서 마음에 드는 남자를 받아들여 함께 달콤한 사랑을 나눈다. 이 곡에서는 처음에 계절적으로 꽃피는 봄을 묘사하였다가 마지막에서는 기러기가 돌아간다는 것으로 어느 듯 가을이 되었음을 암시하였다. 봄부터 나눈 사랑의 시간이 언제 가을이 지나는지 모를 정도로 빨리 흘러갔음을 의미한다.

(제목 없음 3)

해당화 정원,
이 붉은 화장에 주인의 마음이 보이는데,
봄바람에 부드럽고 산뜻한 노랫소리 들려옴에.
모두가 화경정(花敬定) 같은 멋진 남자들이네,
노란 고니가 날고 흰 사슴이 울부짖는 건,
산림의 흥취,
눈부신 햇살이 비치네.
안개 낀 노을에 푸른 옷소매,
비단 휘장에 구름 병풍이라.

海棠庭, 這紅粧也見主人情, 被東風吹軟新歌詠. 都爲花卿, 黃鵠飛白鹿鳴, 山林興, 佳麗相輝映. 是烟霞翠袖, 錦帳雲屛.

* 홍장(紅粧): 붉은 화장. 짙은 화장.
* 화경(花卿): 당나라 때의 장수 화경정(花敬定)을 가리킨다. 여기서는 멋지고 잘생긴 남자를 가리킨다.
* 취수(翠袖): 청록색 옷소매. 여자의 옷 장식. 여자.

이 소령에서도 청루 여인의 일상 생활에 대해 묘사하였다.

해당화 핀 정원에 봄이 찾아오자 여주인공은 겨우내 움츠렸던 마음을 활짝펴 고 손님 맞을 준비를 하는데 모두가 화경정 같은 멋진 남자들이다.

당나라 상원(上元) 2년(761) 4월 재주자사 단자장(段子璋)이 반란을 일으켜 동천절도사 이환(李奐)이 있던 면주(緜州)를 습격하여 스스로 양왕(梁王)이라 칭하고 연호를 황룡이라 하였다. 5월에 성도윤(成都尹)인 최광원(崔光遠)이 부하 장수 화경정을 이끌고 단자장을 공격하여 면주를 탈환하고 그를 잡아 참수하였다. 여기에서 화경정은 멋진 남자의 대명사로 사용되었다. 두보의 시에도 「화경정을 노래하는 시를 장난삼아 짓다(戲作花卿歌)」라는 시가 있다.

(제목 없음 4)

빨간 작은 누각에,
비단 창문 사이로 달빛이 희미하게 비치는데,
수놓은 이불이 엷어서 봄추위를 견디지 못하네요.
주렴과 휘장에 바람이 없고,
연기 사라진 향로는 텅 비었어요,
잠들기도 어렵고,
부부의 연도 버렸어요.
길이 멀고 험난하니,
언제 서로 만날까요.

小樓紅, 隔紗窗斜照月朦朧, 綉衾薄不耐春寒凍. 簾幕無風, 篆烟消寶鼎空, 難成夢, 孤負了鸞和鳳. 山長水遠, 何日相逢.

* 전연(篆烟): 전서 모양으로 꼬불꼬불 올라가는 향로의 연기.
* 보정(寶鼎): 고대에 나라를 건국하면 병장기를 녹여 세 발 달린 큰 솥을 만들어 정권의 상징으로 삼았는데 그것을 보정이라 하였다. 그러나 여기에서는 세 발 달린 솥 모양으로 생긴 향로의 의미로 사용되었다.
* 고부(孤負): 저버리다. 배반하다.
* 난봉(鸞鳳): 상상의 신령스러운 새인 난새와 봉황. 덕이 높은 군자의 비유. 부부의 인연의 비유.

* 산장수원(山長水遠): 산이 길게 이어지고 물이 멀리 내려간다. 즉 산과 물처럼 멀리 떨어져 있다는 뜻이다. 길이 멀고 험난하다는 비유로도 사용된다.

이 소령에서도 따뜻한 봄이 오기 전에 손님 맞을 준비를 하는 청루 여인의 모습을 형용하였다. 추운 겨울이 지나고 막 봄이 찾아왔지만 아직도 밤공기는 쌀쌀하여 청루에는 찾아오는 손님이 없다. 그래서 계속 밤에 혼자 잠을 못 이루고 독수공방하는 신세가 되었으니, 빨리 날씨가 풀려서 찾아오는 손님을 맞이할 수 있었으면 좋겠다는 기녀의 간절한 소망이 담겨있다.

(제목 없음 5)

한가한 사람,
푸른 파도에 명리의 먼지를 다 씻어내고,
머리 돌려 가까운 장안을 쳐다보지도 않는다.
분수를 지키며 청빈하게 살아,
버선도 안 신고 두건도 안 썼으며,
누가 성내어 물어도,
얽힌 마음을 무사하게 하였네.
안개와 노을을 짝하며,
바람과 달을 이웃하노라.

作閑人, 向滄波濯盡利名塵, 回頭不覩長安近. 守分淸貧, 足不襪髮不巾, 誰嗔問, 無事縈方寸. 烟霞伴侶, 風月比鄰.

* 방촌(方寸): 한 치 사방의 넓이. 사람의 마음은 가슴속의 한 치 사방의 넓이에 깃들어 있다는 데서 마음을 뜻한다.

이 소령은 세속의 명리와 미련을 다 벗어던지고 강가에서 안개와 노을을 짝하고 바람과 달을 이웃한 작자의 한적한 삶을 묘사하였다.

(제목 없음 6)

수양공주의 매화가,
물가에서 먼저 봄을 차지하자,
역관처럼 빨리 달려 소식을 전하네.
눈 깊은 앞마을,
눈 쌓인 가지 위의 초승달,
구름이 막 사라지자,
비단 창문에 새겨진 파리한 그림자.
향긋한 꿈속,
쓸쓸한 황혼.

壽陽人, 玉溪先占一枝春, 紅塵驛使傳芳信. 深雪前村, 冰梢上月一痕, 雲初褪, 瘦影向紗窗上印. 香來夢裏, 寂寞黃昏.

* 수양인(壽陽人): 남조시대 수양공주의 이마에 매화가 떨어졌다는 고사. 여기서는 이를 빌려 매화를 찍었다는 것이다.
* 옥계(玉溪): 물가를 가리킨다.
* 홍진역사(紅塵驛使): 빠른 말을 타고 먼지를 일으키며 공문서를 전달하는 공인을 가리킨다.
* 빙초(冰梢): 나뭇가지 위에 쌓인 눈.
* 일흔(一痕): 초승달을 가리킨다.

이 소령은 매화를 노래한 곡이다. 전편에 걸쳐 매(梅) 자를 하나도 언급하지 않았지만, 작자는 전인들이 매화를 노래한 작품 중에서 명구를 융화시키고, 경물에 대한 부각을 통하여 교묘하게 매화의 독특한 소수(疏秀)·결백(潔白)·암향(暗香) 등의 아름다운 형상을 표현해 내었다.

(제목 없음 7)

술잔엔 진한 술,
춘색주 한 병에 산옹은 취했는데,
술 한 병은 꽃가지를 누르고 있다.
나를 따라온 아이종이,
호리병을 다 마셔 한없이 신이 났네,
누가 함께 할 수 있을까?
청산이 눈길을 보내준다.
바람을 탄 이가 열자이고,
열자가 바람을 탔다네.

酒杯濃, 一葫蘆春色醉山翁, 一葫蘆酒壓花梢重. 隨我奚童, 葫蘆乾興不窮, 誰人共, 一帶青山送. 乘風列子, 列子乘風.

* 호로(葫蘆): 조롱박 모양의 술병으로 호리병이라고도 한다. 송원시대의 속어로 어리석다(멍청하다, 얼떨떨하다)는 뜻도 있다.
* 춘색(春色): 술 이름으로 동정춘색(洞庭春色)의 줄임말이다.
* 산옹(山翁): 진나라 때의 산간(山簡)을 가리키는데, 여기서는 작자가 자신을 산간(山簡)에 비유한 것이다. 산간은 죽림칠현의 한 사람인 산도(山濤)의 아들이다. 그는 평소에 술을 너무 좋아하여 양양·형주 등의 지방장관으로 있을 때 그

지역 호족들과 연못가에서 항상 주연을 베풀고 놀았으며, 술이 취해 돌아올 때는 두건을 거꾸로 쓰고 말을 거꾸로 타고 돌아오기도 했다고 한다.

* 해동(奚童): 젊고 영리한 하인이다.

이 소령은 술 마신 여흥으로 지은 작품으로, 작자가 교외에서 홀로 술 마시는 장면과 느낌을 묘사하였다.

먼저 전반부에서 호리병에 가득 채운 좋은 술을 가지고 야외에 나가 자리 깔고 앉아 자작하다가 술을 많이 마셔 얼근하게 취하였는데 호리병은 여전히 자기 옆의 꽃가지 위에 걸려있다는 것을 묘사하였다. 술은 충분하여 호리병에 두 병이나 가득 있어, 마치 산간(山簡)이 그랬던 것처럼 마음껏 마시고 취한 후에야 그만두었다. 여기서는 장소가 교외의 꽃밭 옆이라고 밝혔고, 술이 충분하고 맛이 있으니 술 마시는 사람은 더욱 신난다는 것을 설명하였다.

마지막 구에서는 바람을 타고 다닌 열자의 이야기를 빌려 감흥을 불러일으켰다. 열자는 전국시대 인물로 『장자』「소요유」에서는 그가 바람을 몰고 다닐 수 있다고 하였다. 여기에서 승풍(乘風)과 열자를 반복하여, 술을 실컷 마신 후에 마음이 넓고 몸이 가벼워져 표연히 신선이 되고 싶다고 하였다. 바람을 타고 유유히 노니는 열자처럼 소요하면서 즐겁게 노닐겠다는 뜻이다.

(제목 없음 8)

술을 자꾸 사오는데도,
꽃밭에선 산새들이 술병 달라 부르짖어,
한 호리병 들고 꽃밭 깊숙이 가네.
멋대로 미친 듯이,
한 호리병이면 될까?
잠시 살짝 보니,
부족하여 다시 사러 가네.
저 굴원은 나를 비웃겠지만,
나는 굴원을 비웃노라.

酒頻沽, 正花間山鳥喚提壺, 一葫蘆提在花深處. 任意狂疎, 一葫蘆够也無, 臨時覷, 不够時重沽去. 任三閭笑我, 我笑三閭.

* 광소(狂疎): 방탕하여 구속되지 않는 행동이다.
* 삼려(三閭): 전국시대 초나라 삼려대부를 역임한 굴원(屈原, 대략 BC343-BC278)을 말한다. 굴원은 자는 원(原)이고 어릴 때 이름은 평(平)이다. 회왕(懷王) 때 신임을 받아 국정을 주도하였으나 상관대부 근상의 모함으로 왕에게 버림받고 강남으로 유배되어 그 억울한 심정을 「이소」에 하소연하듯 쏟아내었다. 그 후 조국 초나라가 진(秦)나라와의 전쟁에서 대패하게 된 데 비분을 느끼고 호남의 멱라강에 스스

로 몸을 던져 목숨을 끊었다.

이 소령에는 전원에서 술을 미친 듯이 마시며 인생을 거침없이 마음껏 즐기고 싶은 작자의 여망이 반영되어 있다. 만약 초나라의 충신 굴원이 살아있다면 현실을 버리고 초야를 떠돌며 술로 환락에 빠지는 자신을 보고 비웃겠지만, 작자는 오히려 어지러운 세상에 아무도 알아주지 않는데 끝까지 국왕과 나라를 잊지 못해 애태우다 스스로 목숨을 끊은 굴원을 오히려 비웃겠다고 하였다. 몽고족의 통치제제 아래에서 고위관직을 맡고 있는 노지였지만, 결코 몽고족 황제와 통치에 충성을 다하지는 않겠다는 반항의식이 내재되어 있음을 알 수 있겠다.

(제목 없음 9)

술을 방금 새로 빚어,
한 호리병 해당화 숲에서 봄에 취하여,
한 호리병 마시기 전에 향이 먼저 스며드네.
술지게미 더미를 아래위로 훑어보며,
인간세상의 만호후도 무시한다,
술에 거나하게 취한 후,
꿈속 세계는 모두 허상.
장자가 나비로 화한건지,
나비가 장주로 화한건지.

酒新篘, 一葫蘆春醉海棠洲, 一葫蘆未飮香先透. 俯仰糟丘, 傲人間萬戶侯, 重酣後, 夢景皆虛謬. 莊周化蝶, 蝶化莊周.

* 추(篘): 방금 빚은 술.
* 조구(糟丘): 술지게미가 싸여 만들어진 작은 언덕.
* 만호후(萬戶侯): 만호의 식읍을 가진 후작을 가리킨다.
* 장주화접(莊周化蝶): 장주(즉 장자)가 나비로 변화되었다. 장자의 호접몽(胡蝶夢) 고사에 나오는 말로 인생은 꿈같은 허상이라는 뜻이다.

이 소령에서는 장자의 호접몽 고사를 빌려와서 술과 함께 한적한 전원생활을 즐기는 은자의 초연함을 묘사하였다.

『장자』「제물론(齊物論)」에 나오는 장자의 말을 인용하면 다음과 같다.

"언젠가 내가 꿈에 나비가 되었다. 훨훨 나는 나비였다. 내 스스로 아주 기분이 좋아 내가 사람이었다는 것을 모르고 있었다. 이윽고 잠을 깨니 틀림없는 인간 나였다. 도대체 인간인 내가 꿈에 나비가 된 것일까. 아니면 나비가 꿈에 이 인간인 나로 변해 있는 것일까. 인간 장주(莊周)와 나비와는 분명코 구별이 있다. 이것이 이른바 만물의 변화인 물화(物化)라는 것이다."

장자는 하늘과 땅은 나와 같이 생기고 만물은 나와 함께 하나가 되어 있다고 하면서, 그러한 만물이 하나로 된 절대의 경지에 서 있게 되면, 인간인 장주가 곧 나비일수 있고 나비가 곧 장주일 수도 있다고 하였다. 즉 꿈속의 세계가 허상인지 현실의 세계가 허상인지 알 수 없는 세상에서 꿈도 현실도 죽음도 삶도 구별이 없다는 것이다. 그래서 작자는 이 곡에서 마지막에서 장자가 나비로 변화된 것인지 나비가 장자로 변화된 것인지 의문을 던지고 있다.

(제목 없음 10)

술잔을 자주 기울이며,
한 호리병의 술맛이 시흥을 돋우고,
한 호리병에 지팡이로 머무를 곳 정하네.
연꽃을 은병에 꽂고,
시를 좋아하는 완적처럼,
느긋하게 흥을 추구하니,
신세를 모두 다투지 마라.
뽕잎벌레가 나나니벌이고,
나나니벌이 뽕잎벌레로다.

酒頻傾, 一葫蘆風味扶詩興, 一葫蘆杖挑相隨定. 荷插銀瓶, 愛詩家阮步兵, 寬沽興, 身世都休競. 螟蛉蜾蠃, 蜾蠃螟蛉.

* 완보병(阮步兵): 삼국시대 위나라 진류(陳留) 사람으로 혜강과 함께 죽림칠현의 중심인물인 완적(阮籍)이다. 아버지는 후한 말의 명사이자 건안칠자의 한 사람인 완우(阮瑀)이다. 자는 사종(嗣宗)이고 보병교위(步兵校尉)를 지냈기 때문에 완보병이라 칭하기도 한다. 박학다식하고 노장사상을 좋아하였으며 휘파람을 잘 불고 거문고에 능했다.
* 명령(螟蛉): 뽕잎벌레이다. 나비나 나방류의 유충으로 빛이 푸르다.

* 과라(蜾蠃): 나나니벌이다. 나나니벌은 벌목 구멍벌과의 일종으로 나방애벌레를 마취시킨 뒤 땅속의 집에 저장하여 애벌레의 먹이곤충으로 삼는다. 활동기간은 7월에서 8월 사이이기 때문에 여름에 볼 수 있는 사냥벌이다.

이 소령도 명리의 허망함을 깨닫고 은거하여 완적처럼 술을 가까이 하며 자연을 즐기는 작자의 마음을 노래하였다. 『시경』 「소완(小宛)」편에 뽕잎벌레는 자신이 낳은 새끼를 기르지 않고 나나니벌이 기른다는 말이 있다. 그러니 뽕잎벌레가 나나니벌인 셈이고 나나니벌이 뽕잎벌레인 셈이다. 이 말은 원래 남의 자식도 내 자식처럼 잘 길러야 한다는 뜻으로 사용되는데, 여기에서는 각박한 세상에 너와 나를 굳이 따질 필요 없이 모두 하나 된 마음으로 서로 다투지 말고 어울려서 잘 살아가자라는 의미로 보인다.

<索 引>

저자소개

경상대학교와 성균관대학교 대학원에서 중국문학을 전공해 원대산곡 연구로 박사학위를 받았다. 중국산동대학교 문학원 연구위원을 거쳐 현재 동양대학교 교양학부와 대학원 한중문화학과 교수로 있다.

저역서로는 중국의 어제와 오늘(평민사), 중국 고대산곡 형식발전사(문영사), 백석사의 예술세계(문영사) 등이 있고

주요논문으로는 마치원산곡연구, 궁조의 개념에 관한 연구, 관한경 산곡연구, 원호문의 산곡연구, 산곡 본색론, 노지의 산곡연구, 백박의 산곡연구 등이 있다.

~~~~~~~~~~~~~~~~~~~~~~~~

세속에 물든 학사

노지의 산곡 세계

~~~~~~~~~~~~~~~~~~~~~~~~

초판 인쇄 2018년 4월 20일

초판 발행 2018년 4월 27일

저　　자 김덕환

발 행 인 윤석산

발 행 처 지식과교양

등록번호 제2010-19호

주　　소 서울시 도봉구 쌍문1동 423-43 백상 102호

전　　화 (02) 900-4520 (대표) / 편집부 (02) 996-0041

팩　　스 (02) 996-0043

전자우편 kncbook@hanmail.net

ISBN 978-89-6764-117-7　　93820　　　　**정가 18,000원**